한때

우리의

전부였던

김현경, 송재은 엮음

90년대에서 00년대까지.

스마트폰이 없던 시절,

지금은 서랍 속에 잠든 전자기기에 대한 향수를 풀어낸

밀레니얼 키즈의 이야기.

목차

3 | 장롱 속 유령의 전성기

4 | 그 사실을 어릴 때는 몰랐다

5 | 되돌아보는 건 죄가 아니다

1 | 다시 들을 수도 볼 수도 없는

꿈의 주파수와
저장된 목소리

이도형

***

세상에는 시가 되는 사람이 있어 시를 쓰는 사람이 되었습니다.
가끔씩 멀리서 영화를 찍습니다.
『우리가 마주앉은 모든 곳이 간이역이어서』,
『처음부터 끝까지 – 다 카포 알 피네』,
『사람은 사람을 안아줄 수 있다』 등을 썼습니다.

가끔 스스로 되감아 보는 기억에서 사람들의 목소리는 흐릿하거나 음소거 되어 있다. 하지만 형태도 색깔도 없는 목소리가 밤과 비를 가르고 다가와 나를 눈뜨게 했던 순간을 기억한다. 그 목소리를 다시 듣고자 한다면 다시 들을 수도 있을 것이다. 언젠가부터 모든 기록은 저장과 전파가 용이해졌으니까. 하지만 어떤 순간들은 영영 다시 들을 수도 볼 수도 없다. 언젠가부터 모든 기억은 기록 없이는 떠올리기 힘들어졌는데, 기계장치와 마찬가지로 인간에게도 저장의 용량이란 게 있기 때문일 것이다. 그러므로 기억의 간조 이후에도 남아 있는 오래되고 반짝이는 풍경들을 롯의 아내처럼, 오르페우스처럼 되돌아보는 건 죄가 아니다. 그때, 거기서부터 기원한 우리다.

한여름의 자습실, 칸막이와 칸막이 사이에서
아이들은 평소보다 더 많이 졸았다. 숨 막히는 침묵과 더위.
창문은 너무 멀리 있었다. 나는 수학 문제를 풀지 못해서
펜을 돌리다가 문제지를 뒤집어 빈 종이에 듣고 있던
노래의 가사를 옮겨 썼다. 그때 찬이 내게 슬며시 다가왔다.
너 그 가수 좋아해? 나도 좋아해. 찬은 그때까지 그렇게
친하다고 할 수 없는 사이였고, 자습실에서 몰래 말을 거는
용기가 있는 아이인지도 몰랐다. 나는 떨떠름하게 그렇다고
대답했고 찬은 자기는 그 가수의 앨범을 전부 가지고 있다고
했다. 이따가 내가 CD 보여줄게, 자습 마치고. 나는 말없이
고개를 끄덕였다. 찬의 방에서 우리는 머리를 모으고 CD
를 열어보았다. CD 표지 뒤편에 있는 작은 가사집을 꺼내
읽으며 좋아하는 가사에 대해 이야기 나눴다. 나는 작년에
나온 4집이 제일 좋아. 언젠가 10집까지 냈으면 좋겠다, 찬은
분명 그렇게 말했다.

그렇게 찬과 나는 같은 가수의 노래를 듣고, 같은
가수의 노래를 부르고, 같은 가수의 새로 나온 앨범을

같이 샀다. 찬과 가까워진 시간은 마치 빨리 감기를 한 듯이 지나갔다. 나는 찬이 빌려준 CD를, 같이 빌려준 CD 플레이어로 들으며 자습 시간 내내 문제는 하나도 풀지 않고 가사를 끄적여 보곤 했다. 찬은 또 내게 그 가수가 진행하는 라디오 프로그램이 있다고 알려주었다. 그 프로그램은 자습 시간에 진행되는 프로그램이었는데 당시에는 라디오를 실시간으로 들을 수 있는 휴대용 기기가 없었다. 찬은 어떻게 구했는지 그 프로그램을 녹음해놓은 파일들을 내게 공유해줬다. 나는 그 파일들을 pmp에 담아 자습 시간에 듣거나, 침대에서 듣다가 잠이 들었다. 그 가수의 노래를 좋아했던 것뿐인데 어느 순간 나는 그 가수의 목소리가 나오는 것이면 무엇이든 좋았다. 그 가수의 노래를 좋아했던 것뿐인데 어느 순간 나는 찬이 소개해주는 것들이라면 무엇이든 좋았다.

　　시간 속도는 생의 순간마다 상대적이다. 삶의 순간들은 빨리 감기와 되감기를 거치며 조금씩 마모된다. 고등학교 졸업 후 찬은 재수를 하고, 다시 삼수를 했다. 나는 타향에서 20대를 보내게 되었고 찬과 함께 닳도록 들었던 가수의 노래를 들으면서 지하철과 버스를 탔다. 하지만 점점 찬과의 연락은 뜸해지다 어느 순간 아예 연락이 끊기게 되었다. 해가 지나가면서 그 가수는 7집, 8집, 9집을 냈다. 나는 여전히 그 가수의 새 앨범을 찾아 들었지만 그럴 때마다 찬을 떠올리지는 않게 되었다. 그러다가 마침내 그 가수는 10집을 냈다. 10집까지 내는 가수는 흔치 않다. 10년이 넘게 이어지는 인연은 흔치 않다. 그 사실을 어릴 때는 몰랐다. 좋아하는 사람들과 좋아하는 것들과 언젠가 헤어질 수 있다는 생각 자체를 하지 못했다. 유한함과 흩어짐 역시 삶의 속성인 줄 미처 몰랐기 때문에.

어느 날 이사를 준비하다가 편지들을 모아놓은 박스를 열어보았다. 가장 오래된 편지는 10년이 훌쩍 지난 고등학교 일학년 때 받은 편지였다. 편지들 맨 아래에 고등학생 시절 사용했던 pmp가 조용히 누워 있었다. 충전기는 같이 담겨있지 않아서 켤 수 없는 그 직사각형의 전자기기를 손 위에서 돌려보았다. 이게 이렇게 생겼었구나.

어느샌가 순식간에 단종되어 사라져버린 기계처럼 어떤 사람들도 시간 속에서 사라져가고 있었다. 나는 문득 찬이 소개해주었던, 이 단종된 검은 직사각형의 기계장치로 들었던 라디오 프로그램이 떠올랐다. 그 프로그램의 이름은 꿈꾸는 라디오였다.

　　사람이 사람과 공명할 때 주파수는 증폭된다. 어디까지 흘러갈지 모르고. 언제까지 진동할지 모르고. 증폭된 주파수로 우리는 들떴었는데. 꿈을 꾸는 것처럼. 내 삶에 여전히 찬의 흔적이 남아있나, 잘 모르겠다. 찬이 그 가수의 10집 앨범을 들었는지, 여전히 그 가수를 좋아하는지 모르겠다. 한때 모든 걸 알 것 같은 사람의 모든 것을 이제는 모르겠다. 다만 너도 좋아해? 라고 물어왔던 찬을 떠올린다. 그리고 나도 좋아해 라고 대답했던 나 자신을 기억한다. 내 삶의 운율과 리듬은 찬과 찬이 소개해준 노래들로 인해 분명 증폭되었던 적 있다. 사람들은 각기 다른 주파수로 다녀갔다. 상자 속 담긴 편지들이 무슨 내용이었는지 상자를 닫고 나면 금세 잊어버린다. 하지만 그 속에 보존된 시간은 내가 누군가와 공명하며 살았음을 증명한다. 다시 켤 수 없는 pmp의 위쪽을 편지들로 덮고 상자를 닫았다. 이사를 할 때마다 그 상자를 챙겼다.

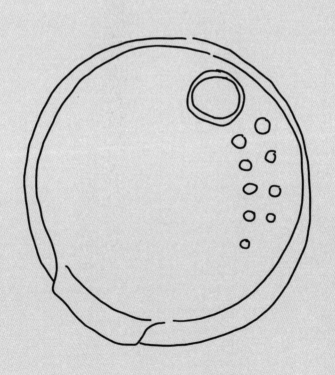

80byte

부스럭

***

서울에서 일을 하며 글을 쓰고 그림을 그립니다.
필명은 마른 이불에서 나는 소리를 따라 지었습니다.
산책과 햇빛 쬐기, 적당한 거리에서 오는 그리움을 좋아합니다.

단문 메시지 80byte로는 한글 기준으로 40자를 적을 수 있다고 한다. 키보드 기호로 그린 토끼는 10바이트, 빼빼로는 12바이트 정도를 차지한다. 물론 그맘때는 글자 하나가 몇 자인지, 몇 바이트인지 정확히 알 턱이 없었다. 모든 건 감의 영역이었다. 그러니까 2000년대에 폴더폰과 함께 자라난 우리는 모두 에디터였다. 한정된 공간에 필요 없는 부분은 걷어낼 줄 알았다. 키보드 기호로 뚝딱 표정을 만들고, 이모티콘이 차지하는 자리를 감안해 글의 양을 줄이면 완벽한 단문 메시지가 완성되었다. 그리고 가운데 버튼을 누르면 전송.

긴 문자는 두 통, 세 통에 나눠서 문자를 보냈다. 하지만 정말 중요한 내용은 장문 메시지로 만들어 보냈다. 문자 작성 창이 네모 사각형 단문에서 긴 편지지 같은 장문 화면으로 바뀌는 순간, 그건 상대방이 그만큼 소중한 사람이라는 뜻이었다. 길게 읽히는 진심의 무게를 우리는 그때부터 이미 알고 있었다. 버튼에 올린 손끝으로 가볍게 열리는 80바이트짜리 문자와는 달리, 열 때의 묵직한 로딩감부터 발신자를 압도하는 장문 메시지는 두툼한 백화점 포장지로 싸인 선물 같은 느낌을 주었다. 그 속에 절교 사유를 논리적으로 담은 선전 포고문을 담기도 하고, 절대 마음이 누그러지지 않을 수 없는 진심 어린 사과문을 담기도 했다.

내가 다니던 중학교에서는 핸드폰을 걷었다. 아침마다 교탁에 핸드폰을 쌓아 놓으면 반장이 큰 까만 가방에 핸드폰을 차곡차곡 담아 교무실 캐비닛에 넣고 자물쇠로 잠가 두었다. (그렇기 때문에 반장이라는 자리는 본질적으로 배신자의 역할이었다.) 물론 정직하게 핸드폰을 제출한 것은 1년에 절반쯤 되려나. 매의 눈으로 우리를 지켜보는 선생님에게 꾸벅 인사를 하고 교탁에 휴대폰을 올렸다가, 감시가 소홀한 틈을 타 슬쩍 다시 핸드폰을 치마 주머니에 넣는 것은 1학년 첫 학기만 지나면 완벽히 익힐 수 있는 기술이었다. 아침 조회가 끝나고 담임 선생님이 반에서 나가면 모두 책상 아래에서 슬며시 폴더폰을 꺼냈다.

　　그야말로 몸의 일부 같았던 플라스틱 폴더폰으로 대체 뭘 그렇게 열심히 했는가 하면 문자 메시지로 릴레이 소설 쓰기였다. 우리는 숨어서 쓰는 법을 익혔다. 등 뒤로도, 책상 서랍 아래에서도, 무릎을 덮은 담요 속에서도 손끝은 정확히 자판 위를 누비며 글을 쏟아냈다. 비밀스러운 배드민턴 랠리처럼 너 한 통, 나 한 통. 한 번 쏘아 올린 랠리는 종종 100통 안팎까지 이어졌다. 단문 40자 안에 내용을 담다 보니 한 번 차례가 오고 갈 때마다 배경과 주인공, 등장인물이 쉴 새 없이 바뀌었다. 즐겨보던 만화 주인공부터 3교시 수학 선생님, 같이 노는 무리의 친구들까지 모두 등장해 뱀파이어와 싸우고 초능력자가 되었다. 우리의 유일한 목표는 오직 하나였다. 기절할 만큼 웃기게 쓸 것! 내가 40 자 단문 속에 심어 놓은 농담의 씨앗을 친구가 능숙하게 받아 기막힌 펀치 라인으로 연결해주면 눈으로 애써 칠판을 보면서 씰룩거리는 입꼬리를 눌러놓기 바빴다. 폭소하는 순간 핸드폰을 뺏겨 한 달 동안 쓸 수 없게 되니까. 그렇게

꾹꾹 참았던 웃음은 쉬는 시간 종이 치고 친구와 눈이
마주치는 순간 까르르 쏟아져 나왔다. 기억하기로 80바이트
메시지들은 유통기한이 있었다. 수신문자함이 포화되면
자동으로 오래된 것부터 지워져 버렸다. 붙잡아두고 싶은
기억들은 고르고 골라 담아두고 때때로 꺼내 보았다. 이제
그 문자들은 어디에서도 찾아볼 수 없다. 0과 1로 공기 중에
흩어져 우주로 날아갔을 것이다.

　　　고등학생이 되어 야간 자율학습을 하던 때는
똑딱이 엠피쓰리를 이용해 매일 FM 라디오를 들었다.
책상에는 자습서를 펼쳐놓고 귀로는 출근과 퇴근과 불금과
자취생활에 대한 사연을 듣고 있으면 언젠가 나도 향유할
수 있게 될 세계 속에 작은 구멍을 뚫고 들여다보는 기분이
들었다. 5510님. 퇴근길 한강을 건너는 중인데 길이
많이 막히네요. 노을이 기가 막힙니다. 4418님. 이제는
밤공기가 시원하네요, 오늘은 맥주 한 캔 놓고 듣고 있어요.
신청해주신 브로콜리 너마저의 이웃에게 방해가 되지 않는
선에서. 듣겠습니다. 야간 자율학습을 끝내고 집으로 돌아가
현관문을 열면 가족과는 통하는 게 전혀 없었다. 그래서

새벽까지 이어폰을 꽂고 그 속에서 들려주는 이야기를 들었다. 사람 사는 이야기, 음악 이야기, 영화 이야기, 그리고 무엇보다 서울의 이야기. 1부와 2부 사이에 흐르는 광고마저 바깥에서 불어오는 바람처럼 느껴졌다. 올가을 서울을 환호하게 할 뮤지컬, 진짜로 편할까 싶었던 장수돌침대. 정말 나의 성공시대를 열어줄까 궁금했던 서울사이버대학교.

특히나 새벽 방송 DJ들은 언성 높이는 일 없이 우아하게 밤을 같이 지켜 주는 사람들이었기 때문에 그들이 보내주는 문자도 소중했다. #8000번, 문자메시지 50원 긴 문자 100원의 정보이용료가 부과됩니다. 광고 듣겠습니다.

어떻게 50원짜리 짧은 문자에 적어 보내고 싶은 사연을 다 담을 수가 있을까. 그래서 짧은 문자에는 신청 곡을 적어 보냈다. 작은 비둘기 한 마리를 창문에서 날려 보내듯이. 80byte의 비둘기가 밤하늘을 날아서 라디오 전파국의 넙적한 안테나 접시 속으로 쏙 들어가, 졸린 눈을 비비는 PD의 어깨에 살포시 내려앉는 모습을 상상하곤 했다. 라디오 방송국에 문자를 보내면 몇 초 뒤에 자동완성 메시지가 도착한다. 사연이나 신청 곡을 하나

보낼 때마다 방송국에서 돌아오는 자동완성 메시지들이
하나하나 소중했다. 오늘 긴 하루 수고했어요, 가을바람이
차가워졌으니 우리 따뜻하게 입고 만나요, 같은 것들.
하루에도 시시각각 바뀌는 자동 답신 메시지를 종류별로
모으고 싶어서 야자 시간 책상 밑으로, 집으로 돌아가는
봉고차 안에서, 새벽에 머리끝까지 덮은 이불 밑으로 지역
방송국 #8000번으로 문자를 보내곤 했다. 그리고 받은
답장들은 보관 메시지함으로 들어갔다. 가끔은 그렇게 보낸
신청 곡이 노래로 나오기도 했다. 나의 비둘기, 나의 세계가
새벽의 파수꾼들에게 닿은 그런 밤에 되돌아온 메시지들을
모두 저장해 두었다. 그리고 자주 다시 꺼내 보면서
행복했다.

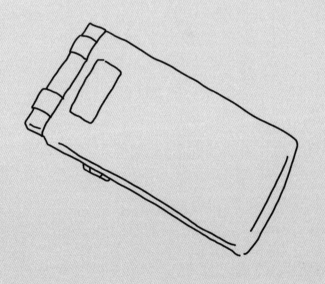

내 낡은 서랍 속의 바다

보미

***

언제나 트렌드와는 거리가 멀었다. 학창시절엔 앞으로 동방신기를 듣는
척하고, 뒤로는 동물원과 전람회를 좋아했다. 어릴 땐 그런 스스로가
싫었다. 그래서 누가 플레이리스트를 엿보는 게 싫었다. 지금은 그게
나의 개성을 이루는 8할임을 인정하며 때론 뿌듯하게 여기기도 한다.
여기 이곳에 `밀레니얼 키즈`로 함께 할 수 있어 기쁘다.

난 바다 중에 동해가 제일 좋다. 누군가 이유를 묻는다면 늘 같은 대답을 한다.

"다른 잔잔한 바다는 파도 소리가 내 맘 같지 않아서."

하지만 태어나서 처음 좋아했던 바다를 말하라면 대답이 좀 다르다. 감수성은 극에 달했으나 저작권 의식은 따라주지 않던 그 시절, 내가 가장 사랑했던 바다는 단연 '소리바다'였다. 출처는 지금까지도 당최 알 수 없으나 좋아하는 음악을 검색한 뒤 다운로드를 누르면 금세 그 노래는 내 것이 되었다. 그 바다에서 노래를 수집하는 일은 드넓은 백사장에서 맘에 드는 조개껍데기와 돌을 줍는 일과도 같았다.

신인 그룹 동방신기부터 아빠 차를 타면 나오던 송골매 노래까지, 소리바다엔 종횡을 무진한 명곡들이 잔뜩

널려있었다. 하지만 원하는 모든 노래를 가질 수는 없었다. 그 시절 내 작은 mp3는 애써봐야 고작 스물다섯 곡까지만 수용할 수 있었기 때문이다. 그런 이유로 그 시절 내 mp3 에는 늘 근래에 내가 가장 좋아하는, 엄선된 top 25곡만이 함께했다. 언제고 빠지지 않았던 노래는 '전람회 – 기억의 습작'이었다.

　　"전람회 기억의 습작이 듣고 싶은데 찾아줄 수 있니?" 어느 날 엄마는 말했고 소리바다는 다행히 노래를 보유하고 있었다. (단, mp3 파일을 컴퓨터로 재생할 때면 전람회라는 이름이 아닌 various artist라는 이름이 떴다.) 그 노래를 틀어두면 엄마가 좋아하는 게 좋아서 자주 틀어두었다. 그러다 보니 나도 그 노래가 좋아져서 mp3에 담아 다니게 되었다. 그때부터 기억의 습작은 지박령처럼 내게 눌러앉았다.

　　초창기엔 가장 최신이었던 아이리버 mp3는 빠르게 내달리던 디지털 혁명 속에 금세 잊혀갔다. 인터넷 소설을 담을 수 있는 획기적인 mp3가 나오는가 싶더니 이내 휴대폰이 올인원으로 모든 것을 해내기 시작했다. 그리고

그때쯤 수직상승한 저작권 의식 덕분에 멈추지 않고
파도칠 것 같던 우리의 소리바다도 간척사업을 마친 채
소리소문없이 사라졌다.

　　　음악을 돈 주고 듣는 걸 상상하기 어려웠던 그
시절의 나도 별수 없이 시대의 흐름에 발맞춰 주입식으로
문화시민의 반열에 올랐다. 도토리로 구매한 미니 홈피
BGM을 통해 저작권 의식을 살짝 맛본 뒤, 달에 한 번씩
멜론에 돈을 썼다. 달콤한 멜론을 비싸게 사 먹을 여력이
되진 않았던 나는 잠시 빌려 맛만 보는 스트리밍 서비스를
구독했다.

　　　소유한 노래만 담을 수 있는 mp3는 엄마의, 동생의,
아빠의 손을 몇 번 타다가 이내 집안 어딘가에 파묻혔다.
세상엔 물건에 발이 달린 것도 아닌데 넓지도 않은 집에서
행방을 알 수 없는 일들이 이따금 벌어진다. 낡은 서랍
어딘가에 잠자고 있을 바다의 조각들, 의식 없이 딸깍거리던
시절의 습작을 다시 한번 찾아봐야겠다. 세상엔 이상하게
이번엔 찾을 수 있을 것 같은 이상한 확신이 드는 때도
있으니까.

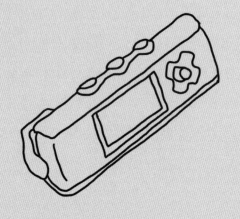

*

"하지만 태어나서 처음 좋아했던 바다를 말하라면 대답이 좀 다르다.

감수성은 극에 달했으나 저작권 의식은 따라주지 않던 그 시절,

내가 가장 사랑했던 바다는 단연 '소리바다'였다."

그가 듣던 노래가
궁금했던 시간

김현경

***

보이지 않는 것을 보이게 하는 작업을 합니다.
<아무것도 할 수 있는>, <폐쇄병동으로의 휴가>,
<오늘 밤만 나랑 있자> 등을 썼습니다.

고등학생이 되던 해, 집에서 대중교통으로 한 시간 반이 떨어진 곳으로 학교를 가게 되었다. 학교를 가는 길에 급행 버스를 타고 대구 시내에 도착해서 교보문고를 잠깐 둘러보기도 하다가, 다시 지하철을 타고 서부 정류장으로 가 시외버스를 타야 했다. 아주 가끔 엄마가 학교까지 태워주는 날도 있었지만, 일주일에 한 번이라도 혼자서 시내를 구경하고 서점에서 시간을 보내는 것이 낙이었다. 혼자 돌아다닐 때는 지금도 그때도 양 귀에 이어폰을 꽂고 군중 속 혼자가 되는 것이 좋다. 지금은 스마트폰에 연결된 무선 이어폰을 쓴다면, 그때는 MP3에 꽂힌 유선 이어폰이었다는 점이 다를 뿐이다.

시외버스표를 끊고 맨 뒷자리에 앉으며 이어폰을

고쳐 꽂으면 종종 익숙한 얼굴이 보였다. 같은 학교에
다니는, 종종 옆 반에서 본, 운동장에서 열심히 축구를 하던
얼굴이었다. 처음에는 단순한 호기심이었다. '재는 어디
살길래 시외버스를 타는 걸까', '학교 갈 때 같이 가자고
말해볼까' 싶었다. 다만 그 친구는 언제나 나보다 두세 자리
앞에 앉아 자신의 MP3에 이어폰을 꽂고 창밖을 멍하니
바라보고 있었기에 말을 걸 새 없었다. 시외버스에서
내리면 학교까지 이십 분쯤을 걸어야 했는데, 나는 그
친구의 뒷모습만 보며 따라 걸었다. 지금의 나였다면
두 번째 만남쯤에 이미 말을 걸고 친구가 되었겠지만,
고등학생이었던 나는 당최 쑥스러운 마음에 그럴 수 없었다.

　　그에 대한 단순한 호기심은 더 알고 싶다는 마음이
되었고, 더 알고 싶다는 마음은 더 함께하고 싶다는 마음으로
커졌다. 우리는 항상 비슷한 시간에 버스를 타면서도 딱히
말을 나눈 적 없었다. 각자 자신의 이어폰으로 음악을 듣고
있었을 뿐이다. 나는 그 친구가 어떤 음악을 듣고 있는지,
어떤 기종의 MP3를 사용하는지 궁금했지만, 사실 그보다

그는 나에 대해 궁금해한 적 없는지 궁금했다.

결국 그 친구와 함께 기숙사 방을 쓰던 친구에게 그 친구의 연락처를 받아, 휴대폰 버튼을 꾹꾹 눌러 설레는 맘으로 문자 메시지를 보냈다.

[안녕. 나 김현경이라고 해. 번호는 친구한테 받았어.]

[어, 안녕.]

… 우리의 대화는 이 정도였던 것 같다. 다른 친구들에게는 문자비가 아까워 서른 자를 꾹꾹 눌러 담아 메시지를 보냈었지만, 이 친구에게만은 긴 문자를 보낼 수 없었다. 아마 가끔 더 이런 단순한 내용의 문자들을 주고받았지만, 내가 진정으로 궁금했던 것들, 그러니까 어디에 사는지, 어떤 음악을 그리도 듣는지, 하는 것들은 물어본 적이 없었다. 문자 서른 자 가득 채워 보내고 싶었던 그 마음을 그 친구는 알았을까.

어쩔 도리 없는 마음을 대신해 나는 야간자율학습 시간에도 종종 사랑 노래, 그중에서도 짝사랑에 관한 노래들을 MP3에 받아 멍하니 듣고 있곤 했다.

너만 보면 자꾸 바보가 돼

그림자 뒤로 숨게만 돼

– SG워너비, <세 글자> 중

이런 곡들을 들으며 나는 그 친구와 이야기를 하는 상상을 했다. 그런 일은 실제로 일어나지 않았지만, 친구들이 "곧 걔 생일이야." 하는 식으로 알려주면 나는 그 친구의 책상에 작은 선물을 올려놓곤 했고, 그 친구는 [고마워] 하는 식의 쪽지를 내 책상에 붙여놓곤 했다. 그게 그 친구와의 유일한 소통이었다.

10년도 더 지나 그 친구를 찾아보고 싶었지만, 싸이월드도 하지 않았던 그 친구의 SNS를 찾을 수 없었다. 그 시절 매일 함께하던 MP3도 이제는 고향 집 어딘가에 가만히 쉬고 있을 테고, 매일 애타던 마음도 이제는 누구에게서도 느낄 수가 없다. 서랍 속 오래된 기계와 쪽지로 기억될

뿐이다. 하지만 가끔 무선 이어폰의 배터리가 다 해, 줄 이어폰을 귀에 낀 채로 걷다 보면 그때의 시골 풍경을 떠올리곤 한다. 내 앞을 유유히 걸어가던, 닿을 수 없던 친구를 떠올리며.

2 | 저장 공간이 부족합니다

무삭제본 추억

다마스

***

좀 버리고 살라는 잔소리에도 아랑곳하지 않고 창고를 만들어둡니다.
우리는 결국 사라진대도 영원할 것처럼 간직하고 싶은 게 있잖아요.
이제는 단종된 차와 함께 돌아다니며
사람들의 이야기를 전하는 일을 하고 있습니다.

스마트폰 이전의, 여태까지 가져본 휴대용 전자기기를 한번 나열해보고 싶다.

CDP, 6mm 캠코더, 디지털카메라, MP3, 2G 핸드폰, 전자사전, PMP

조금 경악한다. 이 모든 게 이제는 스마트폰 하나로 가능해졌다니. 그렇다면, 스마트폰'만' 경험한 세대는 먼 훗날 스마트폰으로만 모든 걸 추억하게 될까. 그건 대체 어떤 느낌일까, 고리타분한 사람처럼 중얼거리다가, 이런 소리를 기억해낸다.

'위이잉– 이이잉 탁!'

나의 첫 영상 촬영은 6mm 캠코더로 시작됐다.

캠코더는 영상을 SD카드 따위에 저장하지 못하고 조그마한
비디오테이프에만 할 수 있었다. 그건 영상 촬영을 시작(●)
했다가 정지(■)하면 하나의 파일로 저장되는 요즘 영상
저장 방식과는 완전히 다른 방식을 갖고 있다는 뜻이었다.
영상을 한번 찍고 멈추고, 다른 영상을 또 찍으면 두 개의
영상 파일이 만들어지는 게 아니라 그 영상들이 저장된
하나의 테이프가 만들어지는 것이다. 말하자면, 캠코더의
영상 촬영은 시작(●)과 일시정지(◻◻)만 가능한 셈이었다.
실수로 테이프를 되감고서 영상을 다시 찍기라도 하면
이전 영상은 이후 영상에 덮어씌워져 삭제되기도 했다.
캠코더 시절의 영상 편집이란 내 수준에서는 불가능한
것이었다. 그런데 불가능이라는 말도 조금 어폐가 있는 것이,
불가능이란 말은 가능하고 싶을 때나 떠올릴 텐데, 당시엔
촬영과 동시에 영상이 완성되는 저장 방식이 너무 당연했고
그렇게 작동하는 것만으로 충분했기 때문이다.

    우리 가족은 작고 큰 행사가 있을 때나, 특히 여행을
떠났을 때 열심히 영상을 찍었다. 그렇게 찍어낸 영상은

일종의 상영회처럼, 여행을 마치는 날 저녁에 상영됐다.
우리는 캠코더와 텔레비전을 연결한 후 거실에 둘러앉아
야식을 먹으며 그것을 함께 봤다. *롱테이크 영상들이
줄줄이 나열된, 편집되지 않은 영상. 손뼉 치고 깔깔대면서
볼 정도로 재밌는 장면도 있었다. 어떤 장면인지도 기억나지
않지만, 치밀하지 않은 날 것의 영상이었음은 분명하다.
그때는 영상을 찍는다는 것, 영상을 본다는 것 자체를 특별한
일로 여겼다. 무삭제 테이프는 집 한편에 차곡차곡 쌓여갔다.

　　　중학생이 되어서는 이 영상이란 것을 좀 창작해보고
싶다는 생각을 했더랬다. 학교 축제였던가. 영상물(당시에는
UCC라고 불렀던)을 상영할 일이 있었는데, 나는 발칙하게도
친구들과 가수 GOD의 노래 '어머님께'의 뮤직비디오를
찍겠다고 나섰다. 아마 스토리가 뚜렷한 가사로 이뤄진
노래여서 선택했던 것 같다. 그때까지도 영상 편집이란 것은
생각조차 못 하고, 대신 *콘티를 열심히 짠 다음, 그 순서대로
영상을 촬영했다. NG가 나면 되감기를 해서 이전 영상을
덮어씌우는 식이었다. 그런데 그게 꽤나 까다로워서 끝까지
제대로 완성도 못 하고 그냥 어느 정도만 찍고 어물쩍 '다

됐다!' 해버린 것이다. 심지어 영상에 음악을 어떻게 깔아야 할지 몰라 그냥 영상 틀면서 음악도 같이 틀지 뭐, 하고선 상영일에 싱크도 딱 안 맞는 영상과 음악을 동시에 재생했다. 지금으로서는 도저히 이해하기 힘든 조악함이었지만, 그렇게도 영상을 상영했다.

요즘 스마트폰 용량 때문에 애를 먹고 있다. 같은 기종을 3년 반째 쓰고 있으니 그럴 만도 하다. 이 스마트폰이라는 전자기기에는 영상과 사진은 물론이고 글이나 음성, 무수한 형태의 파일을 저장할 수 있다. 그래서 이따금 저장된 데이터를 열심히 지워야 한다. 먼저 삭제당하는 건 주로 용량을 많이 차지하는 영상 쪽이다. 최근에 찍은 것보다는 예전에 찍은 것을 지우고, 비슷한 것을 지운다. SNS 업로드를 염두에 두고 찍은 것을 적잖이 발견하는데, 그럴수록 더 미련 없이 지워낸다. 어차피 최상의 결과는 공유됐기 때문에. 그런 영상은 보통 스마트폰 SD 카드에 잠시 저장되었다가 삭제되고 만다.

순간을 영원으로 담고자 하는, 언젠가 들춰볼

것이라는 희망으로 끊임없이 영상을 찍지만, 그것은 결국 무엇이 되는가?

영상을 쉽게 찍고 쉽게 편집하고 보여주는 시대다. 유튜브에는 단순한 일상을 담는 브이로그조차도 그럴싸한 인트로, 음악, 자막, 효과음 등을 치밀하게 담아낸 영상이 넘쳐난다. 잘 편집된 영상을 보는 데 익숙해서일까. 편집되지 않은 원본 영상에 대해서는 다시 들여다볼 마음도, 소장 가치도 적다고 느낀다. 가까운 사람과 나누던 상영회는 그저 옛날의 일. 추억도 얼마든지 편집이 가능한 지금, 지난 추억을 보는 일은 그저 '보여주는' 일이 되어버린 것은 아닌지.

'위이잉- 이이잉 탁!'

테이프 칸이 열린다.

이제는 테이프를 어느 방향으로 넣어야 하는지도 잊어버린, 서툰 손이 헤맨다. 편집될 수 없었던, 삭제되지 않았던 영상과 함께한 시절. 캠코더에 테이프를 넣는 건 전혀 서툴리 없는 일이었고, 이제와 서툰 건 손뿐만은 아니었다.

*롱테이크 : 하나의 숏을 길게 촬영하는 기법.

*콘티 : 영화나 텔레비전 드라마의 촬영을 위하여 각본을 바탕으로

필요한 모든 사항을 기록한 것. 장면의 번호, 화면의 크기, 촬영 각도와

위치에서부터 의상, 소품, 대사, 액션 따위까지 적혀 있다.

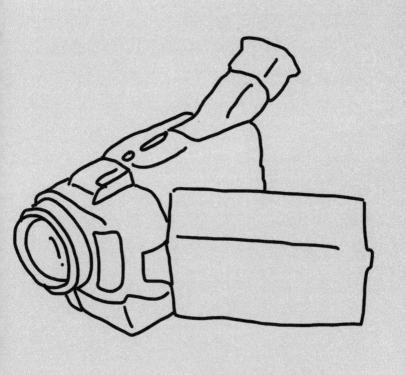

디지털 수저

재은

***

공포영화는 싫어하지만 좀비영화는 좋아한다.
놀이기구는 못 타지만 스쿠터는 탄다.
수학을 잘하지만 좋아하지는 않는다.
미묘한 모순 덩어리.

아빠의 딸이라는 사실은 언제나 나를 특별하게 만들지만, 10대 시절 아빠가 나에게 미쳤던 영향은 특히 전자기기에 관한 것이었다. 그때만 해도 생소한 단어였던 '얼리어답터'는 우리 아빠를 지칭하는 말과 다름없었다. 2002년 출시된 카시오 익슬림 디지털카메라는 조인성이 광고 모델이었는데, 보급형 디지털카메라가 이제 막 양산을 시작할 무렵이라 '디지털카메라'라는 기기가 대체 어떤 것인지 대부분의 사람들이 실제로 본 적도 없었는데 아빠는 겁도 없이 70만 원짜리 디지털카메라를 기어이 사고야 마는 종류의 인간이었다. 그는 무려 아이폰 3를 쓴 혁신가였고, 그때 아빠의 '스마트폰'을 만지작거리는 것은 나의 즐거움이었다. 단 하나뿐인 버튼과 둥그런 후면부, 독보적인 감성을 갖춘 그것이 나는 너무 갖고 싶었다. 나는

92년생으로, 초등학교 고학년 때 이미 휴대폰이 있었다. 그건 신도시 키즈가 모여있던 우리 학교에도 흔한 것이 아니었다. 우리 집이 아주 넉넉한 것도 아니었으니 그게 얼마나 어울리지 않는 상황인지는 우리 가족만 알았지만 서도. 이후로도 삼성 yepp mp3과 아이리버 mp3부터 pmp, 아이리버에서 나온 고급형 전자사전 딕플까지 나의 학창 시절은 남부러울 것 없는 전자 생활로 가득 차 있었다. 나름 디지털 수저를 물고 태어난 셈이다.

그중 내가 가장 아꼈던 것은 아빠가 완전히 사용권을 넘겨주지 않았던 PMP였다. 중학교 2학년 때 처음 접한 그것은 2-3cm 두께에 손바닥보다 작은 화면으로, 내가 그 시절 pmp에 담아 본 드라마와 영화만 수백편이 될 것이다. 아빠 몰래 학교에 들고 가 밤새 보지 못한 영화나 해외 드라마를 수업 시간에 선생님 몰래 보곤 했다. 하지만 당시엔 전자 기기만 있어선 아무것도 할 수 없었다. 유투브고 OTT 서비스고 나발이고 존재를 하질 않았고, 스카이 라이프 따위의 케이블 방송이 겨우 조금 더 풍성한 콘텐츠 생활을 보장했을 뿐이었다. 텔레비전 앞에 앉아 시간 맞춰 방송

프로그램을 보거나 테이프나 시디를 사서 음악 플레이어로
따로 듣지 않는 한 합법적인 경로로 드라마, 영화, 음악
콘텐츠를 즐길 방법이 없었다. 하릴없이 채널을 돌리는 것에
지치기 마련이었고, 결국 '좋은 콘텐츠'는 대체로 어둠의
경로를 통했다. 그것마저도 지금과 비교하면 화질이든 다운
속도든 콘텐츠 양이든 불편투성이었다. 애초에 웹상에 내가
찾고자 하는 것, 그것도 멀쩡한 화질이나 음질을 가진 것을
찾기란 쉬운 일이 아니었다. 그때는 저작권 개념도 희박해서,
밤새 불법다운 프로그램이 돌아가도록 두면서도 등골
서늘함도 느끼지 못했다.

　　불법 다운로드에 관해서라면 얼마전 SNS를 통해
아는 영화평론가가 개인 계정에 썼던 인상적인 투정이
있는데, 그는 '불따충(불법 다운로드 충)'을 마냥 욕할
것만이 아니라는 이야기를 한다. 보고 싶은 콘텐츠를 볼 수
있는 OTT가 없고, 돈 내고 다운을 받으려고 해도 어디서도
서비스하지 않으며, 애초에 판매성이 떨어져 DVD 유통이
잘 되지도 않아서 구할 수 없으니 불따충도 울며겨자 먹기로
어둠의 경로를 사용하는 게 아니냐는 것이었다. 그의 말도

일견 일리가 있었다. 나도 해외 특정 장르 영화는 어디서도 구할 수가 없는 것이, 수익성이 떨어져 판매 경로가 대중에게 열리지 않는 어떤 작품은 영영 사라지고 말아도 되는 것인가 싶었기 때문이다. 요는 불법 다운로드를 일삼던 10대 시절의 나를 위한 오늘날의 변명이다. 10년 전이나 지금이나 불법 다운로드는 마니아들에게 필수불가결한 범법 행위인 걸까….

나는 OTT 헤비 유저로 자랐다. 영상 관련 구독 서비스는 이 글을 쓰는 순간 다섯 개를 보유하고 있고, 한국 꼴찌 OTT 왓챠의 경우도 16년부터 7년 동안 한 달도 빼놓지 않고 결제했다. 그렇다. 나는 아빠의 PMP를 갖고 싶어 했던 그 순간부터 영상물 중독자로 자랄 싹수 노란 어린이였던 것이다. 공부보단 영화와 드라마에 미쳐있었던 학창 시절의 나는 다행히 대학도 잘 가고, 일도 잘하는 멀쩡한 어른으로 컸다. 담배, 알코올 중독이나 의존증 같은 것이 나에게 생기지 않는 이유는 어쩌면 그보다 훨씬 의존하고 중독된 대상이자 나의 구원이며 영혼을 구성하는 것이 분명하게 삶을 이루기 때문인지도 모른다.

2000년대 초, 중학교에서는 휴대폰이나 전자사전,

mp3면 몰라도 pmp를 가진 친구는 반에 한 명도 없거나 겨우 한 명쯤 있었는데 그게 나였다. 물론 2000년대 중후반에 고등학교를 올라가면서는 pmp 사양도 꽤나 개선되고, 동영상 강의 시청이 일반화되면서 온라인 강의를 듣기 위해 pmp를 가진 아이들이 늘어났는데, 나에겐 여전히 공부가 아니라 드라마를 보기 위한 기기였다. 결국 나는 방송국을 가겠다는 일념 하나로 신문방송학과로 대학 진학을 했다. 대학에 들어간 순간, 방송이 재밌으리라고 믿었던 것은 대학 진학을 위한 공부만 하며 학교와 집 사이만을 오가던 아이가 재미를 느낄 세상이 조그만 화면 속에만 있었기 때문이라는 것을 깨닫고 방송국에 들어가겠다는 생각은 바로 접었지만. 그러므로 아빠의 pmp를 손에 쥐고 영화와 드라마에 재미를 붙였던 것은 장기적 관점에서 보았을 때 내 삶의 방향성을 아주 멀리 틀어버렸다. 아주 비스듬히, 정말 눈에 보이는 차이도 없이 틀어진 방향이 먼 미래에는 이미 너무도 멀어져 손 쓸 수 없는 거리를 만들어내는 것처럼, 나는 어쩌다 오늘에 도착한 것이다. 정말 우연히. 그리고 지금의 내가 된 것이다. 아주 우연히.

10대에 경험하고 좋아한 것은 한 사람이 가진 취향의 기반을 만든다. 별수 없이, 그때 아무 생각 없이 내린 수십 가지 선택이 지금의 나라는 큰 변화를 일구었기 때문이다. 디지털 수저를 물고 태어난 나는, 늘 그 시절 디지털 기기로 할 수 있는 경험의 최전선에 있었고, 당시 가장 좋아했던 기기 덕분에 영화와 드라마 이야기라면 며칠 밤낮을 샐 수 있는 인간으로 자랐다. 다행이라면 나는 그런 내가 좋고, 그것은 아직도 내 취미이며, 내 일과 관계에도 도움이 된다는 사실이다.

무언가를 대책 없이 좋아하기 좋은 시절이었다.

음악을 기억했던
방식에 대하여

이건해

***

필명 이건해. 2016년 하드보일드 미스터리 소설 "심야마장"으로 데뷔한 뒤 여러가지 글을 쓰고 보드게임을 만들고 일본 문학과 게임을 번역하다 2021년 황금가지의 신체강탈자 문학 공모전에서 '자애의 빛'으로 우수상을 받았다. 항상 좋은 소설을 쓰려고 고군분투하는 한편, 블로그 유행 초창기부터 매주 일상과 취미에 대한 수필을 쓰고 있다.

휴대용 음원 재생기의 격동기를 거친 세대로서, 나는 CD플레이어를 특별히 좋아하는 편이었다. 편하기로 따지면 당연히 이후에 나온 MP3플레이어가 압도적으로 편했지만 CD를 쉽게 포기할 수는 없었다. 형체 없는 파일을 관리하는 것보다는 손에 잡히는 음원인 CD를 다루는 게 더 좋았기 때문이다. 요즘 레코드판이 다시 인기를 얻는 것과 같은 맥락이다.

CD플레이어를 사용하던 고등학생 때는 대형 서점이나 음반점 같은 곳을 지날 기회가 있으면 들어가서 구경하고 어쩌다 뭔가를 사 오는 재미도 있었고, 그렇게 모은 음반이 책장에 쌓여가는 모습을 보는 즐거움도 컸다. 자기 전에 다음날 학교에서 들을 음반 네다섯 장을 골라서 챙기는 것도 최강의 덱을 준비하는 듀얼 리스트처럼 설레는 감이 있었다. 이때 나는 조그만 틴케이스에 CD 서너 장만 준비해서 갖고 다녔는데, 공부만 아니라면 뭐에든 심취하기 좋은 시절인지라 십수 장이 들어가는 두툼한 앨범을 지고 다니는 친구도 있었다. 그런 친구에게 만화책 빌려보듯 음반을 빌려 듣는 것도 제법 재미있는 일이었다. 요즘은 그런 식으로 만질 수 있는 콘텐츠를 빌리고 빌려주는 것도 드문 일이라 더 그렇게 느껴지는지도 모르겠다.

MP3는 CD플레이어가 발전을 거듭해서 몇 초 내내 튕기지 않는 기술도 도입되고 동영상을 재생하는 화면까지 들어가기 시작한 시점을 전후해서 보급된 것으로 기억한다. 작고 가볍고 간편해서 사람들이 음악을 이렇게 좋아했나 싶을 정도로 대유행했고, 나 역시 돈을 아끼려고 결국 MP3로 넘어가긴 했지만 그때부터 음악 듣는 게 좀 시들해진 느낌이 든다. 분명히 전에 듣던 곡들을 넣어서 듣긴 했을 텐데 인상적인 기억이 없다. 진짜 음반은 진짜 음반대로, '구운' 음반이면 구운 음반대로 커버를 감상하며 내일을 위해 엄선하고, 학교에 가면 그렇게 도시락 싸 오듯 준비한 음반들을 접시 핥듯이 싹싹 듣고 또 들은 물리적 추억이 남지 않은 탓이리라.

그래서인지 나는 언제부턴가 MP3도 포기한 뒤 싸구려 라디오를 갖고 다니며 클래식 채널만 듣는, 시대를 생각하면 약간 특이한 학생이 되었다. 하지만 음원을 준비하거나 기기를 충전하는 귀찮음에서 벗어날 수 있다는 점에선 라디오가 상당히 매력적이었다. 공부할 때는 귓구멍을 막기만 하면 되었으니 공기 중에 전파로 떠도는 음원을 퍼다 쓴다는 것은 나름대로 효율적인 선택이기도 했다. 라디오를 듣는다고 하면 방송을 듣느라 집중을 못 한다며 걱정하는 선생님도 있었지만, 당시에 나는 좀 이상할 정도로 라디오 방송에 관심이 없어서 방해가 된 적도 없다. 아무튼 그때는 라디오가 내 상황에도 맞고 간편해서 좋은 선택이었다. 다른 기기와 달리 후레시도 달려 있었고.

그로부터 시간이 흘러 지금은 스트리밍 서비스를

전전하는데, 이게 간편하긴 해도 음악 생활을 예전만큼 즐겁게 해주는 것 같진 않다. 음악가가 심혈을 기울여 구성한 앨범을 쭉 듣는 대신 들어보다 별로면 건너뛰길 반복하는 탓도 있고, 아니면 추천대로 흘러가는 곡 중에 특히 괜찮은 것을 골라 하트나 찍는 상황인지라 내 음악을 듣는다는 성취감 같은 것이 희미한 탓도 있으리라. 정말 좋아한대도 소유할 수는 없는 형태 역시 익숙해지지 않는다. 아무리 사랑해도 이용 기간이 끝나면 싹 다 회수해가서 아무것도 남지 않게 된다니, 너무하다는 생각도 든다.

요즘은 다시 CD로 노래를 듣고 싶다는 생각도 하는데, 전자제품 제조사도 CD라는 선택지를 줄이고, 나도 CD가 돌아가는 예전 기기를 유지하지 않아서 어려운 일이다. 랩톱에는 외장 드라이브를 꽂아야 하고, 그나마 하나 있는 컴포넌트 오디오는 고장 나서 CD를 읽을 수 없게 되었다. 휴대용 CD플레이어 하나 사놓으면 어떨까 싶어 쇼핑몰을 찾아봤더니, 휴대용 CDP는 지금도 8만 원쯤 나가는지라 가벼운 마음으로 살 수는 없다. 심지어

전성기처럼 얇고 아름다운 비행접시나 변기 뚜껑 같은
모델은 있지도 않다. 사회와 기술의 변화로 아름다운 CDP는
쉽게 누릴 수 없는 초고대 문명 비슷한 게 되고 만 것이다.

나의 형은 전자제품으로 지구를 지배할 기세였던
소니의 팬이었기에 당시 기술의 정점을 달성했던 워크맨과
CDP를 지금도 잘 보유하고 있다. 그걸 생각하면 부럽기도
하고 존경스럽기도 하다. 예전에는 신기술이 나와서 문화의
양상이 변하면 예전 것을 치워버리는 걸 당연하게 느꼈는데,
지금 생각해보면 특정 기술이 '아름답다고 해도 좋을 만한'
정점을 이루는 시점이 분명 있으니, 그 시절의 물건을
보유하고 추억하는 것도 음반을 물리적으로 소유하고 듣는
것처럼 재미난 일이다.

아무튼 CD 듣기도 힘들어진 이 시점에 나는 요즘
매주 좋아하는 라디오 프로그램을 녹음해서 듣고 있는데,
이때 사용하는 기기가 재미있게도 스마트폰이다. 유선
이어폰이 안테나 역할을 하기에 이것을 잘 뻗어 서랍장에

걸어놓은 다음, 시간에 맞춰 녹음 버튼을 누르고 끝나면
중단함으로써 따끈따끈한 녹음 파일을 생성하는 것이다.
첨단 기기를 쓰고 있지만 상당히 아날로그적인 작업이라,
종종 이어폰 위치가 잘못되면 잡음이 들어가기도 하는 게
묘한 맛이 있다. 게다가 방송에서 엄선하여 들려주는 음악들
중에 기막히게 취향에 맞는 것들이 종종 있어 인간의 추천이
맞아떨어지면 이렇게 감탄스럽구나 싶기도 하다.

　　　　여러 가지 스마트 기기를 잘 쓰고 있는 만큼 옛것과
아날로그가 무조건 좋다고 주장하고 싶은 것은 아니다.
하지만 같은 행위라면 아날로그로 하는 편이 더 많은 추억을
남긴다고 생각한다. 어떤 체험이 추억이 되려면 일단
기억에 남아야 하는데, 불편함을 동반하는 체험이 기억에
남을 확률이 높기 때문이다. 예를 들어 내 취향에 맞는 것만
공기처럼 당연히 깔려 있는 환경에서 듣는 음악보다는 어느
정도 번거로운 짓을 거쳐서 듣게 된 내 취향의 음악이 더 큰
기쁨을 준다. 물론 '번거로운 짓'이 공인인증서 로그인처럼
끔찍한 것이면 곤란하겠지만, 내 손에 쥐고 볼 수 있는

형태를 갖춘 음원을 다루는 정도, 주파수를 맞추고 전파를 잡는 정도의 불편함이라면 지금도 가끔 즐길 만하다.

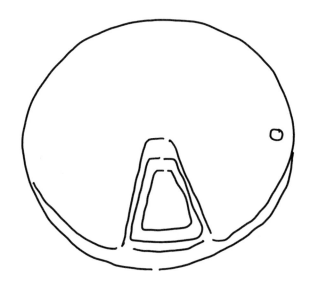

삐삐칠게.

장하련

***
책 부자가 되는 꿈을 이루는 대신 책방에 머물고 있습니다.
<유통기한이 지난 시간들을 보냈다>, <취하지 않고서야>,
<같은 향수를 쓰는 사람> 을 썼습니다.

#언젠가부터 하나둘씩 사람들은 주머니에서 작은 기계를 꺼내 들고 기다란 액정을 바라보았다.

그것을 다들 삐삐라고 불렀다. 그리고 그것은 제 이름처럼 울어댔다. 삐-삐-삐-삐- 하고.

#나의 시작은 '편지'였다.

집 전화가 있었지만 친구들과 길고 짧은 편지를 주고받는 것이 일상이었고, 전학을 가는 친구들과는 주소를 꼭 교환했다. 얼굴을 마주한 채 대화를 주고받는 일 외에는 손으로 직접 쓴 문장으로 안부를 묻는 것이 익숙했던 시대에 서로의 연락을 위해 각자의 통신 기기가 생긴다는 것은 과히 놀라울 일이었다.

삐삐칠게.

#삐삐가 생겼다.

열넷. 삐삐 알림이 도착하면 다급하게 공중전화를 찾는 사람들이 괜히 부러울 나이였다. 나도 남들처럼 삐삐가 갖고 싶다는 말에 사촌 오빠는 "남자 친구가 생기면 사줄게." 라고 약속했다. 남자 친구가 있으면 삐삐를 가질 자격이 된다는 뜻이구나. 나는 기어코 가상의 남자친구를 만들어 빨갛고 안이 비치는 작고 귀여운 나의 첫 삐삐를 얻어 내고 말았다. 초등학교 졸업 선물로 받은 마이마이 카세트 플레이어 이후 두 번째 얻게 된 신식 문물. 어디서부터 누군가로부터 시작되었는지는 모르겠지만 기계 속이 훤히 들여다보인다고 하여 '내장 삐삐'라고 불렀다. 그 후로 나의 세상은 삐삐가 존재하지 않았던 세상과 존재하는 세상으로 극명하게 갈렸고, 영특한 세상에 빠르게 당도한 듯 우쭐대기에 여념이 없었다. 뭐, 그럴 나이였다.

#무선 호출기

라는 본명을 가진 이 녀석은 삐-삐-삐-삐 울어

댄다고 하여 '삐삐'라 불리기 시작했다고 한다. 아빠들의
삐삐는 담뱃갑보다 조금 작은 투박하고 까만 모양새를 하고
있었지만 젊은 세대까지 보급이 될 당시에는 훨씬 더 작고
알록달록한 모양새를 갖추었다. 처음에는 두 가지의 기능이
전부였다. 번호를 남기거나, 음성 메시지를 남기는 것.
상대방이 번호를 남겼다면 전화를 걸어 "삐삐치신 분이요?"
라는 말을 시작으로 통화를 이어가면 되었고, 음성 메시지가
도착했다면 나와 가까운 위치의 전화기를 이용해 내 삐삐
번호와 비밀번호를 눌러 음성 사서함에 저장된 누군가의
메시지를 들으면 되는 것이었다. 시간이 흐르면서 간단한
문자 메시지를 보낼 수 있었던 것 같은데, 그것에 대한
기억은 '아 그랬었지?' 정도로 끝난다.

#안녕하세요. 장하련의 삐삐입니다.

　　라는 정직한 소개 대신 나를 알리는 음악을 선곡해
녹음하는 일은 인생 최대의 고민거리였다. 내가 꾸며 놓은
카카오톡 프로필이 나의 또 다른 얼굴이 되는 것과 같이 삐삐

삐삐칠게.

인사말 역시 내 번호를 누를 불특정 다수를 향한 나의 소개를 위함이었다. 내 삐삐 번호를 눌러볼 이들이 나를 어린아이가 아닌 성숙한 인격체로 봐주길 바라는 치기 어린 마음에 고른, 해석도 못 할 팝송을 골라 스피커 앞에 수화기를 대고 숨죽였을 마음을 뒤늦게 훑어보니 괜스레 낯이 붉어진다.

#삐- 소리가 나면 음성 메시지를 남겨주세요.

삐- 소리가 들리는 순간 쥐어짜 냈던 용기는 버선발로 도망갔고 결국 다급하게 수화기를 내려놓곤 했다. 목소리에 담긴 감정을 숨기는 건 사춘기의 잔재에 놀아나는 아이에게는 쉽지 않은 일이었다. 나는 매번 마음이 떨려 여러 번의 도전과 그만큼 취소를 반복하다 결국 아무 말도 남기지 못하곤 했다.

사람들은 진심을 전하기 위해 많은 애를 써야 했다. 전화를 걸어 대화를 주고받는 것이 전부였던 이들에게 독백처럼 음성 메시지를 남겨야 하는 용기는 낯설 수밖에 없는 일이었다. 시작부터 끝까지 홀로 정돈된 말을 녹음하기 위해 연습을 반복했을 이도 있었을 것이고, 결국 수화기를 내려놓고 차마 전하지 못한 말을 홀로 되뇌며 안타까워했을 이도 있었을 것이다. 다양한 애를 쓴 결과물이 남겨지는 음성 사서함은 상대방의 아쉬움이 켜켜이 포개지는 공간이 되었다. 수화기를 내려놓고서야 이 말은 하지 말았어야 했는데, 떨지 말았어야 했는데 하는 아쉬움을 가진 이들이 모아 놓은 한숨이 아마 공중전화 부스에 가득 고여 있지 않았을까.

#비밀번호 486

가수 윤하가 부른 이 노래에서 나온 '486'은 삐삐를 사용하던 이들 사이에서 '사랑해'라는 말 대신 사용된 번호다. '사랑해' 각 획수를 세어 표현한 거라고 한다. 사=4획, 랑=8획, 해=6 이렇게 되는 셈이다.

인간은 참으로 똑똑하다. 내가 음성 메시지에 대한

삐삐칠게.

두려움에 몸서리치면서도 내가 삐삐에 대한 소유욕을
억누르지 못했던 건 아마 이 숫자 놀이 때문이었을지도
모르겠다.

　　7942 친구 사이, 486 사랑해, 4444 죽어라,

　　1010235 열렬히 사모, 8282 빨리빨리

　　사람들은 누군가에게 화가 나면 차마 전하지 못한
분노 대신 숫자 4를 연달아 거칠게 누르기도 했고, 설레는
마음을 남몰래 전하고자 486을 조심스레 눌러보기도
했다. 말이 아닌 숫자 만으로도 사랑과 우정과 감사 그리고
속죄의 마음이 진심으로 전해질 수 있다는 신뢰는 무한했다.
무한했기 때문에, 삐삐에 찍힌 숫자 하나로 사람들은 많이도
울고 웃어야 했다.

#삐삐는 기대하거나 불안하게 만들었다.

　　대부분 '누구지?'라는 의문에서 시작되는 기대와
불안이었다. 전화를 걸어 달라고 연락처를 남긴 이가
누구인지, 나에게 음성 메시지를 남긴 이가 누구인지,

나에게 의미를 담은 숫자만을 남긴 이가 누구인지. 신원
미상으로 시작해 누구인지 알아내기까지 그 밀당의 시간,
기대와 불안이 공존하는 공중전화 부스 앞에 줄을 선
사람들은 주머니에 넣은 동전을 짤랑거리거나 전화 카드를
만지작거렸다. 수화기를 내려놓지 못하는 사람이 추가로
넣는 동전 소리에 미간을 찌푸리는 일은 다반사였고,
연장되는 밀당의 시간을 견디지 못하는 이들은 다른
공중전화를 찾아 바삐 걸음을 옮기기도 했다.

**#기대와 불안을 쉽게 놓아주지 않던 그 작은 기계
하나는 누군가를 위해 애쓰던 증거가 되어 주었다.**

삐삐를 쓰던 시절과 스마트폰을 쓰는 현재 사이에도
교집합은 존재한다. 카카오톡 메시지창을 열고 긴 글을 썼다
지웠다 반복하다가 결국 앱을 꺼버리는 용기 없는 시간은
그 시절과 어긋남 없이 겹친다. 단지, 나의 공허함은 지금의
내가 그 시절만큼 누군가를 위해 얼마나 애를 쓰고 있는지
모르겠다는 생각에서 시작한다. 스마트폰을 들여다보며

가끔 창백하게 텅 빈 감정을 마주하곤 한다. 상대방에게
삐삐를 치고 하염없이 기다리는 것조차도 설렘이 있다며
마음 콩닥거리던 단방향의 시절과는 달리 어렵지 않게
상대방과 즉각적인 소통이 이루어지는 양방향의 시대를
맞이하고 결국 나는 짧은 기다림 앞에서도 불편함을
드러내곤 한다. 세상이, 참, 다급해졌다. 스마트폰을 쥐고
있는 내내 나는 결국 나에게도 남에게도 느슨해지지 못한다.

누구일지 기대하는 일도, 목소리를 듣기 위해
공중전화를 찾는 분주함을 떠올리는 추억도 이젠 백발이
되었다. 스마트폰으로 얼굴을 보며 대화를 하고 문자를
주고받고 SNS를 통해 상대방의 일상을 엿보는 것이 일상이
되어버린 요즘, 기다림에 애를 쓰기 어려워지는 것이 당연한
것이 되지 않았나 싶어 옛 생각을 향해 마음이 기울어진다.

**#엄마 집에서 20년은 족히 넘었을, 제 쓸모를 다한
나의 첫 삐삐를 찾았다.**

그 빨갛고 속이 훤히 들여다보이는 삐삐 말이다. 집에

돌아와 배터리를 끼워보니 그 오랜 시간을 잘 버텨냈다고
증명이라도 하듯 울부짖었다. 삐—삐—삐—삐— 그 소리가 매우
처연해서 헛웃음이 나왔다.

    핸드폰과 맞바꾸면서 쉽게 놓아버린 녀석이었는데 20
년이 지나서야 이렇게 미안함이 찾아온다. 나를 위해 그렇게
많이 울어주던 녀석은 더 이상 할 수 있는 일이 없으니 다시
서랍 깊숙한 곳으로 들어가게 될 것이다.

    그래서, 마지막으로, 그 녀석을 위해 이 글의 끝에
인사를 이렇게 남겨보려 한다.

    981 (굿-바이)

3 | 장롱 속 유령의 전성기

가보

오태원

***

장보기 전 구매리스트를 작성한다. 예산에서 필요한 것을 정리하고
인터넷과 비교도 해본다. 그리고 엑셀로 정리 후 프린트! 하지만 정작
장보러 갈 때면 리스트를 놓고 간다. 열심이지만 엉성한 곳이 있다.
산수화의 여백 같은 거라고 우기고 있다.

우리 집에는 아버지께서 가보로 남기시겠다는
카메라가 하나 있다. 모델명 니콘 F801s라는 필름 카메라로
대략 91년부터 양산됐다. 듣기로는 당시 상당한 인기 모델로
가격이 제법 나갔다고 한다. 그래서 구매까지는 큰 각오가
필요한 제품이었다. 우리 집의 경우는 태어난 지 얼마 안
된 아들놈이 명분이 되었던 듯싶다. 내가 기어 다닐 때부터
걸음을 뗄 때까지, 이후에는 산과 바다, 계곡으로 떠났던
많지 않은 여행의 기회들을 가족은 이 카메라로 부지런히
찍고 또 찍었다. 그리고 그 사진들은 두 권의 가족 앨범으로
남았다.

하지만 내가 자라면서 머리가 커져서인지, 아니면
가족끼리 서로 데면데면해져서인지, 좌우간 우리 가족의

삶은 처음보다는 많이 건조해졌다. 삶의 풍파랄까 먹고사는 문제랄까 이런저런 이유를 댈 수는 있겠지만 정확한 건 잘 모르겠다. 그냥 그렇게 흘러갔다. 가족끼리 함께하는 일은 번거롭고 쑥스러운 일이 되었다. 그러다 보니 같은 곳을 보고 사진 찍는 일은 아주 드물어졌고, 자연스럽게 카메라는 장롱 깊은 곳에 묻히게 되었다.

내가 카메라의 존재를 다시 기억한 건 대학교 졸업반 무렵이었다. 내 친구 중 하나가 카메라에 도통한 놈이었는데 돈만 생기면 필름 카메라를 모은다는 것이다. 그러면서 하는 얘기가 필름 카메라는 더 이상 생산이 안 된다. 그러니 이게 재테크가 된다. 결국 관리만 잘하면 무조건 오를 수밖에 없다는 것이다. 그와 동시에 우리 집 장롱 속 카메라가 생각났다. 그 길로 집에 가자마자 장롱을 뒤져 카메라를 다시 찾았다.

카메라 가방은 잔뜩 구겨져 있었다. 그 안에는 모두 낡은 것뿐이었다. 카메라 닦이, UV렌즈, 그 옛날 설명서

등등 주변 액세서리들이 어지러웠다. 그리고 곰팡이가 크게
핀 가죽케이스. 조심스럽게 카메라를 꺼냈다. 배터리 홀더
부분이 살짝 녹아있었다. 그 이외에는 아직 훌륭했다. 나는
천천히 먼지를 털어가며 깨끗하게 정돈했다. 마치 오래된
토굴 속 원시 유물을 발견한 것처럼 하나하나를 정성스럽게
대했다. 그리고 그날 저녁. 우리 집 가보의 시세를 확인하고,
나는 다시 카메라를 조용히 장롱 속에 묻었다. 너무
양산이 많았던 모델이었나. 우리 집 가보의 가치가 적잖이
실망스러웠다.

몇 년 전부터 레트로라는 이름으로 옛날 아날로그
감성의 무엇인가가 새로운 트렌드로 떠오르고 있다. 그렇게
다시 필름 카메라가 등장했다. 인스타에는 필름 사진이
자주 등장하고, 연예인들이 들고 다니는 모델은 가격이
천정부지로 오르기도 했다. 나도 덩달아 코니카 빅미니,
니콘 af600, 라이카 미니 줌 등 가벼운 필름 카메라들을
샀다 팔았다 하며 필름을 현상하러 카메라 집을 들락거렸다.
그러나 잠깐 불었던 유행만큼 열정은 금방 바닥났고, 가지고

있던 카메라는 금방 처분해 버렸다.

그때 나는 딱 한 번 우리 집 가보를 들고 나간 적이
있다. 다 늙은 카메라에 무슨 기대였던 건지 싶지만, 한참
현상한 사진 보는 재미가 쏠쏠하던 때였다. 무리라는 생각을
하면서도 카메라를 몇 대씩 가지고 다녔다. 의욕과는 다르게
보통은 스마트폰으로 찍고 필름 카메라는 적게 운용했지만.
게다가 크기가 큰 우리 집 가보의 경우는 아주 차에 놓고
다니고 말았다. 그래서 몇 장 찍지도 않은 롤이 여태
그대로다. 그 이후로 내 책상에 모셔두고 있는데 보고 있으면
언제 남은 사진을 찍어볼지 난감하기만 하다.

얼마 전 내가 성인이 된 이후 처음으로 가족여행을
다녀왔다. 첫날 저녁에는 맥주를 마셨다. 그리고 가보 얘기를
꺼냈다. 그 카메라 내가 가져도 되냐고. 아버지는 안 된다고
하셨다. 왜 안 되냐니 비싼 거라고. 나는 즉시 우리 집 가보의
시세를 알려드렸다. 별말씀을 안 하셨다. 그러다가 두고
봐야 안다고 하셨다. 두고 봐야 안다라. 내가 뭐 지금 팔기야

하겠냐며 맥주잔을 들이켰다. 놔두면 오르겠죠. 그래 놔둬야
더 오르겠죠. 그렇게 거들고 나머지를 마셨다.

　　가보라며 모시고 있지만, 쓰자니 번거롭고, 팔자니
푼돈이고, 그렇다고 어디 보기 좋게 두자니 실상 볼품도
없다. 이러지도 저러지도 못하고 처치 곤란으로 나이를
먹은 게 좀 있으면 30년이다. 실상 제 용도로 쓰인 건 2~3
년 반짝이었지, 나머지 세월은 가세에 큰 밑천이 되리라는
부자의 헛된 기대로 버틴 것이다. 그리고 앞으로는 굽은
나무가 선산 지키듯, 매력 없는 성질이 되려 제 몸을 지킬
것이고.

　　요즘 아버지 어머니는 정원을 가꾸는데 열성이시다.
나는 간혹 사람을 만나다 조용한 곳에 여행을 다닌다.
함께 보다는 각자로 변모하며 가족의 유대는 느슨하고
완숙해졌다. 우리 가족은 이미 전성기를 지나쳤다.

　　우리 집 가보에 여태 매어둔 필름은 언제쯤 써볼 수

가보

있을까. 다시 또 버티다 보면 그렇게 부지런했던 가족의
전성기는 또 오기도 하는 걸까 궁금하다. 만약 그런 시기가
있다면 나머지 필름을 써볼 수도 있을 것이다. 그때도 왕년의
노병은 제 몫을 다할 수 있을까. 장롱 속 유령 같던 지난날의
향수는 새로운 세기에도 똑같이 작동할 수 있는지 말이다.

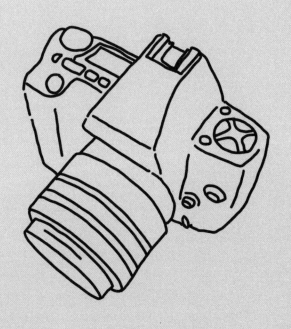

아이폰보다
시디플레이어

석영

***

어쩌다 보니 책을 만드는 사람이 되었다.
좋아하는 일을 계속하기 위해서 낮에는 일하고 저녁에는 책을 만들며
살아간다. 은퇴 이후에는 작은 시골 마을에 책방을 열어 아이들의
첫 책을 만들어주는 별난 할아버지가 되고 싶다.

누군가 연습실의 문을 벌컥 열었다. 허리에 닿을 만큼 긴 머리를 고수하는 학과 교수님이었다. 연습실에 붙박이처럼 지내던 나는 이따금 연습실을 점검하는 교수님을 종종 마주했다. 사실상 점검보다는 감시에 가까웠지만, 열심히 연습하고 있노라면 노크 없이 들어와서는 핀잔하시거나 시범을 보이시는 일이 잦았기에 이번에는 또 어떤 이야기를 하시려나 각오하고 있던 찰나였다.

"방학 때 한가하지? 해외 공연 같이 다녀오자."

얼결에 고개를 끄덕이고 말았다. 간혹 선배들에게 들은 적이 있었다. 대만과 중국, 베트남 등 아시아 지역을

대상으로 순회공연을 다녀온다고. 보통 1학년은 갈 일이
없다고 들었는데, 어떤 이유에선지 함께 가게 된 것이다.
그렇지 않아도 기대하던 방학에 대한 기대감이 높아만 갔다.

    해외 공연에 참여하기 위해서는 해야 할 일이 많았다.
공연 준비를 위해 레파토리를 구성해야 하고, 개인 연습과
합주 일정으로 한동안 정신이 없을 예정이었다. 자유롭게
놀고 쉬고 먹으며 보내는 방학도 물론 달콤하겠지마는,
그건 겨울방학 때에도 할 수 있을 터였다. 곧 다가올 새로운
경험을 기대하며 학기를 마쳤다.

    집으로 돌아와서 발견한 편지 봉투. 아아, 나는 그것을
뜯어보기도 전에 직감하고 말았다. 오고야 말았구나. 그것은
바로 영장이었다. 당장 학업을 이유로 입대를 미룰 수는
있었지만, 고민이 되었다. 학교의 지원을 받아 해외 공연에
다녀오는 것이지만, 기본 경비 외에 여윳돈이 필요했고,
다녀와서도 아르바이트를 할 새 없이 2학기를 보내야 했다.
모아둔 돈도 많지 않았고, 언제까지고 부모님께 손을 벌릴

수도 없는 노릇이었기에 고민 끝에 해외 공연을 뒤로한 채 입대를 선택했다.

눈물겨운 훈련소 입소 이후, 매일 밤 나는 그 결정을 후회했다. 군대야말로 내년에 다녀올걸. 매일 밤, 모포를 덮고 눈을 감을 때면 가지도 않은 해외 공연이 눈 앞에 펼쳐지곤 했다. 부르고 싶었던 노래를 떠올리고 함께 연주하기로 했던 선배들의 모습도 덩달아 그려졌다. 갈수록 후회는 커져만 갔고, 간부를 마주할 때마다 매번 고민했다. '지금 나갈 수 있는 방법은 없나요?', '다음에 재입대할 수는 없나요?' 따위의 말을 꺼낼까 말까 망설이곤 했다.

그렇게 하루 이틀 시간이 흘렀고, 힘든 훈련을 받으며 여러 날이 지나자 마음을 고쳐먹었다. 이런 일을 두 번이나 할 수는 없다고 생각했기 때문이다. 고작 며칠 만에 생각을 바꾼 내가 괘씸했지만, 별수 없이 인정하는 수밖에 없었다. 흙탕물을 기어가며 마음에도 없는 소리를 외치는 일을 반복하고 싶지는 않았다. 마음을 고쳐먹은 날에도 눈을 감으면 여전히 공연의 풍경이 펼쳐졌다. 가상의 연주를 들으며 뻐끔거렸다. 물속에서 뻐끔거리는 물고기처럼 소리 없는 노래를 불렀다. 레파토리의 대부분을 연주하고 나서야 지쳐 잠들 수 있었다. 아무리 내가 소리 없이 입을 움직였어도, 불침번을 하는 친구들은 내 입에서 새어 나오는 바람 소리를 들었을 것이다. 별 이상한 놈을 다 보네- 싶었겠지만 내버려 둔 그들에게 고마울 따름이다.

별 이상한 놈은 결국 시간의 흐름에 따라 훈련을 마치고 자대 배치를 받았다. 본격적인 군 생활의 시작이었다. 말로만 들었던 말년 병장들 사이에서 때아닌 막내 취급을 받고, 그들의 말이 장난인지 진담인지 알 수 없어 진땀을 빼야 했기 때문이다. 그 와중에 어느 말년 병장 귀에 꽂힌 이어폰을 보고 화들짝 놀랐다. 이어폰의 선을 따라가 보니 그 끝에는 동그란 물체가 위잉- 위잉- 소리를 내고 있었다. 다름 아닌 시디플레이어였다. 군대에서는 보안을 위해 정보를 넣고 뺄 수 있는 usb 형태의 기기를 반입하지 못했고, 덕분에 시디플레이어는 때아닌 전성시대를 맛보고 있었다.

부대 내 공중전화 부스에 줄을 서서 차례를 기다렸다. 한 겨울이었던지라 입김이 나오고 손이 벌게질 만큼 기다리고 나서야 차례가 되었다. 수화기 너머 오랜만에 듣는 어머니의 목소리에 간단한 안부를 여쭙다가 나도 모르게 그만 본심이 튀어나오고 말았다.

"엄마, 집에 시디플레이어가 있나요?"

사실 나는 살면서 휴대용 시디 플레이어를 써본 적이 없었다. 초등학교를 졸업하기 전에 손에 쏙 들어오는 mp3가 생겼기 때문이다. 아이리버와 아이팟을 거쳐 입대 직전에는 아이폰4를 쓰고 있었던 내가 시디플레이어를 갈망하게 될 줄은 그야말로 상상도 하지 못할 일이었다. 거짓말 조금 보태면 그때 심정으로는 새로 나올 아이폰보다도 시디플레이어가 갖고 싶었다. 아쉽게도 집에는 없었지만 인터넷으로 주문해놓겠다는 어머니의 말에 마음이 놓였다. 훈련소 입소 이후로 약 두 달 가까이 군가 말고는 음악을 듣지 못한 이등병은 휴가만을 손꼽아 기다렸다.

　　신병 휴가를 다녀오는 길에 어머니께 받은
시디플레이어는 그날 이후로 멈출 줄을 모르고 열심히
음악을 들려주었다. 상상만 하던 뮤지션들의 음악을 듣고
또 들었다. 군대에서는 공식적인 음반만을 반입할 수 있게
했기에, top 100이나 직접 만든 플레이리스트를 들을 수는
없었지만 그런 건 아무래도 괜찮았다. 오히려 앨범 단위로
음악을 들으며 그전에는 몰랐던 음악들을 알게 되었고, 한
장의 음반을 만드는 일에 얼마나 많은 품이 드는지 가늠하게
됐다.

　　나와 함께 군 생활을 보낸 시디플레이어는 본인의
역할을 끝까지 수행했다. 전역을 앞두고 부대의 관례에
따라 후임에게 남기고 가뿐한 마음으로 연병장을 나섰다.
스마트폰을 새로 개통하면서 음반을 찾는 일도 줄어들었고,
자연스레 군시절 들었던 음반들은 진열장에 가지런히
꽂혀있다. 방을 정리하다 진열장 앞에 설 때면 회상에 빠지곤

하는데, 이번 글을 쓰면서도 슬쩍 바라보았다. 그리고
다시금 그리워진다. 음반 하나가, 노래 하나가 전부였던
시간. 지금은 버튼 하나로 쉽게 들을 수 있는 음악을 듣고자
해외 구매대행 사이트를 돌아다니고, 몇 없는 음반매장을
드나들었던 날들이 떠오른다. 그렇다고 해서 군대를 다시
가고 싶은 것은 아니지만 말이다.

　　　오늘 밤에는 그 시절에 듣던 음반을 들어보려
한다. 타이틀곡만 듣는 게 아니라, 1번 트랙부터 끝까지
들어야겠다. 아마도 여러 순간이 주마등처럼 스칠 테다.
눈을 감고 소리 없이 노래를 부르던 밤. 마침내 나의
시디플레이어가 생겨 밤새 음악을 들었던 밤. 잠들기
전에 전원을 끄지 못해 배터리를 갈아야 했던 어떤 밤이
떠오를지도 모르겠다.

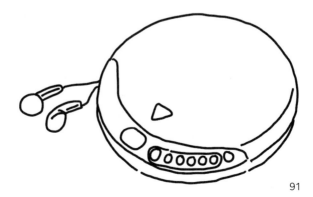

허벅지가
뜨거워질 때까지

최경아

***

시각을 다루는 일을 하지만 청각에 예민합니다.

외로움은 멀리, 고독은 가까이하려 합니다.

여행은 계획하고, 산책은 즉흥적으로 합니다.

2020년 11월, <어떤사람 A to Z>,

2021년 7월, <당신에게 보내는 A Letter>를 썼습니다.

(@studio_kyungah_choi)

1999년, 세기말. "2000년이 되면 지구가 멸망할 것이다!"라는, 지금 생각하면 우스운 루머 속에 그야말로 온 세상은 혼란이었다. 하지만 나의 삶은 그렇지 않았다. 현재 YG의 시초인 양군 기획에서 쏟아져 나오는 힙합 그룹에 열광하였고, 학교 밖에선 통이 큰 힙합 바지에 달라붙는 티셔츠를 입고 다니던, 빠순이였다. 지구가 멸망해도 나에겐 오빠들이 있으니 괜찮다고 외치며 CDP(CD Player)에 1999 대한민국, 주석, CB MASS, 지누션, 원타임과 같은 힙합 가수들의 노래를 가득 채워 다녔던 중학교 3학년 소녀의 일상은 풍요로웠다.

세기말 감성에는 패션 소품도 빠질 수 없었는데, 내 경우엔 벙거지 모자 대신 안경이었다. 바지로 온 길바닥을 청소하고 다니는 것도 모자라 벙거지를 푹 눌러쓰고 세상다 포기한 사람처럼 굽은 어깨로 힙합을 들으며 들썩거리고 다니면 엄마한테 등짝 스매싱을 맞을 것이 분명했기에, 벙거지 대신 안경을 선택했다. 하지만 책보다 야외 활동을 좋아했던 나는 안타깝게도 시력이 너무 좋았다. 내게는 안경을 사달라고 할 명분이 없었다. 묘책으로 안경을 쓴 친한 친구가 학교에서 엎드려 잘 때만 빌려서 쓰고 눈을 깜박거렸다. 그 결과, 내 시력은 서서히 나빠졌고, 결국 안경 구매의 명분이 생겨 엄마에게 내가 원하는 각진 검은색 뿔테를 얻어낼 수 있었다.

대중문화가 꽃을 피우던 시기. 나의 학창 시절도 지루하지 않았다. 아니 정확히는 즐거웠다고 할 수 있는데, 그 즐거움의 중심에는 '교환 일기'라는 것이 있었다. 동성 친구, 이성 친구 할 것 없이 서로에게 공개하는 편지 혹은 일기 같은 것인데, 그 내용의 대부분은 지금 좋아하는 사람 1~5위, 싫어하는 사람 1~5위, 관심 있는 사람 1~5위를 중심으로 채워지는 유치하고도 귀여운 것이었다.

그 당시 내 교환일기의 주인공, 관심 있는 사람 1 위였던 범식이는 결국 첫 남자친구가 되었다. 관심 있는

남녀가 일정 기간 호감을 드러내며 만나는 것을 의미하는, 현재 '썸'이라 불리는 그것은 세기말 중딩들에게도 존재했다. 2000년, 고등학생이 된다는 설렘을 앞두고 다녔던 수학 학원에서 범식이와 나는 썸을 탔다. 그와 나는 학원을 오고 가던 청록색의 학원 봉고차 안에서 서로 호감을 드러냈고, 이를 눈치챈 학원 친구들 도움으로 고등학생이 되기 전, 겨울방학에 첫 연애를 시작했다.

까무잡잡한 피부에 여드름 하나 없는 고운 피부, HOT 의 토니 오빠를 닮은 귀여운 외모를 가진 생애 첫 남자친구인 범식이는 pcs 휴대폰을 가지고 있었다. 동네가 가깝지 않았기 때문에 그와 만나려면 미리 연락을 취해야 했다. 범식이와 다르게 휴대폰이 없었던 나는 그때마다 엄마의 모토로라 마이크로택 5000(MicroTAC5000) 플립폰을 몰래 훔쳐 와 바지 깊숙한 곳, 허벅지쯤에 숨겨 그와 문자를 나눴다.

때로 엄마가 휴대폰 어디 갔냐고 찾을 땐 능청을 떨며, "어? 아까 어디에서 봤는데~ 내가 찾아볼게."라며 화장실에 가 그것을 꺼내 그와의 모든 문자를 지우고 엄마에게 건넸다.

엄마의 흑백 휴대폰 화면에 ♥♡를 가득 채워주던, 세상 모든 사랑을 다 표현해주던 첫 남자친구 덕분에 나의 허벅지는 뜨거워지기 일쑤였다.

뜨거웠던 허벅지와 다르게 날씨는 매우 추워졌고, 우리는 각각 다른 고등학교에 입학했다. 고등학교에 가니 다녀야 하는 학원도 많아졌고, 만날 시간도 제한적이었다. ♥♡는 건조한 마침표(.)나 하이픈(-)으로 채워졌고, 그마저도 없어질 때쯤 이별 통보조차 없이 자연스럽게 헤어져 버렸다.

가끔 인터넷 쇼핑이나 유튜브를 오래 보다가 나의 스마트폰이 뜨거워질 때면 내 첫 남자친구인 범식이가 떠오른다. 나의 허벅지를 뜨겁게 만들었던, 범식아. 지금쯤 어떤 하트로 누구의 허벅지를 뜨겁게 만들며 살고 있니?

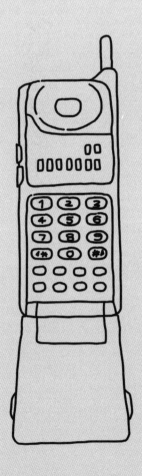

내 친구 마이마이

순간의 기록자

***

당신의 아름다운 순간은 언제였나요?

잊을 수 없는 순간을 기록합니다.

당신과 나 그리고 모두에게 위로가 되고 싶습니다.

현재 브런치를 운영 중이며 출간 작가가 되기 위해 작업 중에 있습니다.

@thinkingnew16

우리 집은 딸만 셋이다. 아버지는 장남이셔서
집안에 대를 이를 아들을 낳았어야 했는데 부모님은
그러지 못하셨다. 줄줄이 딸을 낳자 할머니는 우리 엄마를
쳐다보지도 않으셨다고 한다. 나는 딸 셋 중에 막내인데,
들은 이야기로는 내 위로 오빠가 있었다고 한다. 비록 얼마
되지 않아 세상을 떠났지만 엄마는 떠나간 아들이 그리워,
이후에 나를 낳고도 한 달 동안은 어린것을 안아주지도
않았단다. 마룻바닥에 막내딸을 던져 놓고 엄마는 무엇이
그리 괴로웠을까. 그 시대를 겪어보지 않는 나는, 아들을
낳지 못한 큰 며느리의 마음을 어렴풋이 헤아려볼 뿐이다.
내가 엄마에게 충분한 사랑을 받지 못한다고 생각했던
아버지는 막내인 나를 참 예뻐하셨다. 그의 마음을 알았는지
나도 어렸을 때부터 아빠를 좋아해서, 그의 다리 사이에서

벗어날 줄을 몰랐다. 지금은 아버지와 그 시절의 친밀함은 찾아볼 수 없을 정도로 서먹한 사이가 되어 버렸지만, 어린 시절 사진을 들춰보면 나는 늘 아빠 품 안에 있었다.

나는 언니들과 나이 터울이 큰 편이어서 언니들의 옷을 물려받아 입기도, 장난감을 물려받아 쓰기도 어려웠다. 그래서인지 아버지는 늘 나에게만 새것을 사주셨다. 새 장난감, 새 옷을 사주면 언니들은 그런 나를 시기 질투했다. 엄마와 아빠가 없을 때에 언니들은 내 용돈을 뺏거나, 일부러 나를 괴롭히기 일쑤였다. 셋이서 많이 싸웠지만 시간이 지나고 언니들이 중학생이 되고 나도 커가면서 괴롭힘도 서로에 대한 관심도 차츰 줄어들었다.

언니들이 중학생이 되었을 때 학생 필수품으로 유행하던 것이 있었는데, 그것은 미니카세트였다. 중학교에 올라가는 기념으로 부모님이 미니카세트를 선물해주셨는데, 큰 언니가 선물을 받았을 때 나는 너무 부러웠다. 카세트에 테이프를 넣고 재생 버튼을 누르면 조그만 상자 안에서 노래가 흘러나왔다. 게다가 간지 작살의 이어폰을 꽂으면 그 사람만 다른 세계에 있는 것처럼 느껴졌다. 나도 그 이어폰을 꽂고 노래를 듣고 싶어서 떼를 써 봤지만, 언니는 구경조차 못 하게 하였다. 나는 그런 언니가 미워서 빨리 중학생이 되고 싶은 마음마저 들었다. 이후 둘째 언니의 차례가 왔는데 새 미니카세트를 갖고 싶은 둘째 언니 마음은 무시한 채, 엄마는 첫째의 것을 둘째에게 물려주었다.

그로부터 5년이 흘러 내 차례가 되었다. 내가 중학생이 되던 해에 유명 기업 삼성에서 마이마이라는 신상 휴대용 카세트를 출시했다. 언니들이 쓰던 휴대용 카세트는 주로 검은 색상에 플라스틱으로 만든 촌스러운 디자인이었다면 내가 가지고 싶은 것은 달랐다. 유혹적인 은색인데 칙칙한 느낌이 아니고 사이버틱한 느낌의 메탈이었다. 언니의 카세트는 재생 버튼이 튀어나와 있어서 가방에 잘못 넣기라도 하면 가방 밖으로 노랫소리가 흘러나오는 대참사를 피할 수 없었다. 그러나 신상 마이마이는 재생 버튼이 무척 우아하게 달려 있었으며,

직육면체의 매끈한 형태에 가운데는 파란색 테두리의
동그란 모양 안에 라디오 버튼과 녹음 버튼이 달려 있었다.
그것은 혁명이었다. 저 마이마이를 내가 갖게 된다면
우리 반에서 내가 제일 멋쟁이가 될 것이었다. 언니들을
부러워하며 오랜 시간을 참아 왔기에 나는 아빠를 조르고
졸라서 삼성 마이마이를 얻어냈다.

마이마이를 선물로 받아 오던 날 언니들은 구경하려
몰려들었지만, 큰 언니가 나에게 했던 것처럼 나도 선물을
꽁꽁 숨겨 둔 채 혼자서 즐거움을 만끽했다. 이어폰을 꽂고
학교를 등교하면 온 세상이 내 것 같았다. 언니들이 사두었던
다양한 테이프를 하나씩 몰래 가져다가 음악을 들었다.
이어폰을 꽂고 걸으면 거리가 나의 무대가 된 것 같았다.
신나는 노래를 따라 부르기도 하고, 남들이 보지 않을 때
리듬에 맞춰 몸을 흔들어 대기도 했다. 나는 마이마이가
너무 좋아서 애칭을 붙이기도 했다. 마이마이의 '마이'와
내 이름의 앞 글자를 따서 '마이찬'이라고 불렀다. 이름을
불러주니 '마이찬'은 내게로 와서 친구가 되어 주었다.

시험을 잘 보지 못해서 부모님께 혼나던 날에는 '마이찬'으로 슬픈 발라드 음악을 들으며 위로를 받았고, 기분이 즐거운 날에는 '마이찬'이 들려주는 음악을 들으면서 춤을 추었다.

그러던 어느 날 사건이 터졌다. 내가 제일 애정하는 마이마이가 없어진 것이다. 나는 울며불며 온 집안을 뒤지고 또 뒤졌다. 끝끝내 찾을 수 없어서 지쳐버린 나는 가족들에게 마이마이를 본 적이 있는지 물었고, 언니들도 묵묵부답이었다. 몇 달을 '마이찬'을 찾아 헤매었지만 찾지 못하고 결국 포기해야 했다. 나중에 성인이 되어서 안 사실이지만, 새것을 받지 못한 둘째 언니가 나를 질투해서 마이마이를 숨겼고, 그 후로는 숨겼다는 사실을 잊은 채 우리 집은 이사를 하게 되었다고 한다.

지금도 그 상황을 생각하면 원통이 터진다. 잃어버린 '마이찬'이 어딘가에서 나를 기다리고 있는 것만 같은 생각마저 든다. 요즘은 음악을 듣는 플레이어 따위는 쓸모없어진 지 오래다. 음악 스트리밍 플랫폼에서 클릭 몇

내 친구 마이마이

번이면 원하는 노래를 마음껏 들을 수 있고, 노래가 싫으면 다음 곡으로 버튼을 눌러버리면 그만이다. 이토록 편리한 시대에 살고 있지만, 음반 가게에 가서 좋아하는 가수의 테이프를 사던 그 짜릿함. 얇은 비닐 포장지를 뜯어 가사가 적힌 앨범 재킷을 하나씩 구경할 때의 즐거움. 조심스레 테이프를 마이마이에 넣어 재생 버튼을 누르면 나오는 그 시절의 음악. 내가 좋아하는 노래를 듣기 위해서 빨리 감기 버튼을 누르던 그 순간이 가끔은 그립다.

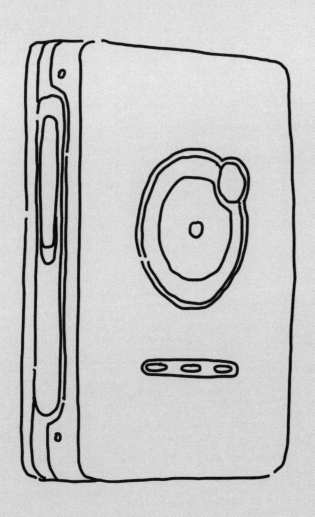

4 | 그 사실을 어릴 때는 몰랐다

훔친 건 MP3가 아니라 언니의 감성이었다 *** 이아로

견고한 순수가 있었던 시절이 있었다 *** 고병관

전자사전이 만든 어른 *** 이유

응답하라띠때는 *** 천운

훔친 건 MP3가 아니라
언니의 감성이었다

이아로

***

울음을 머금은 손으로 세 번의 겨울을 적었습니다.
마지막 페이지를 덮을 테니 나와 함께 울어요.
저서로는 『이렇게 새벽을 표류하다 아침을 맞이하겠지』와
『사랑이 창백할 수도 있지』
그리고 스토리지 에세이 시리즈 #11 『베르가못 샤워』가 있습니다.

@_fromaro

언니가 등교하고 나면, 그제야 분주한 아침이
시작됐다. 언니가 MP3를 두고 갔다면 어디에 두었을까,
데굴데굴 머리를 굴렸다. 바빴던 것이 과연 머리뿐이었을까.
손과 발, 눈동자, 나를 두고 먼저 등교를 시작해버린 심장.
눈앞에 마지막 버스가 지나갈 때도 이렇게까지 서두르는
일이 없었는데. MP3가 뭐라고 나를 그렇게까지 조바심 나게
했던 건지 모르겠다.

언니가 입었던 사복의 주머니와 매고 나갔던 가방이
먼저 손쉬운 표적이었다. 책상과 신발장 위, 충전기가
꽂혀있는 콘센트까지. 음악을 듣고야 말겠다는 일념 하나로
온 집을 샅샅이 뒤졌다. MP3의 크기가 매우 작아서 눈에 잘
띄지 않았던 탓에 고도의 집중력이 필요했다.

언니는 아이리버에서 출시된 미키마우스 모양의
기기를 사용했다. 한쪽 귀를 돌리면 곡의 순서가 바뀌었고,
또 다른 쪽 귀를 돌리면 볼륨 크기를 조절할 수 있었다.
겨우 탱탱볼 사이즈의 작은 기기로 생전 처음 듣는 곡들을
별천지처럼 경험할 수 있다니. 욕심이 백 번도 나고도 남을
만했지, 아무렴.

"엄마. 언니 MP3 들고 갔어?"

"안 보이면 들고 간 거겠지. 그런데 너는 이 바쁜
아침에...."

엄마의 잔소리를 들을 때면 너무 서운했다. 엄마는!
언니가 MP3를 두고 가는 날에만! 음악을 들을 수 있는
내 마음도 모르면서! 소심한 불만을 삼키며 입을 비죽
내밀었다. 그때 들을 수 있었던 음악이라고는 채널 엠넷에서
나오던 대중가요나 주말마다 방영하는 음악방송에 나오던
곡들뿐이었다. 아, 그리고 언니가 불법 음원 사이트 아*
맵스를 통해 다운받아둔 유행가들. 지겹고 지겨운-.

하지만 특별히 좋아하는 가수도, 그렇다고 아는 가수도 없었던 나에게는 그것만으로도 충분했었다. 언니의 MP3를 훔쳐 듣기 전까지는….

미키마우스에 담겨있던 곡 중에 가장 좋아했던 곡을 고르자면 어렴풋이 떠오르는 날이 있다. 그날은 비가 장대같이 쏟아졌다. 우산을 미처 챙기지 못했던 나는 버스정류장에 우두커니 앉아 시간을 낭비했다. 어느새 어둑해진 하늘. 먹구름을 올려다보다가 양쪽 귀에 꽂혀있던 이어폰을 빼서 가방 앞주머니에 구겨 집어넣었다. 자리를 털고 일어나 말려 올라간 하복 셔츠를 팽팽하게 잡아당겨 매무새를 정돈한 뒤, 빗속으로 성큼 발을 내디뎠다. 너무 빠르지도, 너무 느리지도 않은 걸음. 어디가 먼저랄 것도 없이 온몸이 흠뻑 젖었다. 꼭 물가에 몸을 내던진 사람처럼.

무언가 엇나간 반항심 또는 치기. 형용할 수 없었던 그 감정이 사실은 '우울'이었던 것은 아닐까. 한참의 시간이 지나고야 지레짐작해보는 요즘이다.

"내리는 이 비에 아무도 모르는 나의 아픔을 묻어둔 채
내리는 이 비에 조용히 부서진 너의 거짓을 묻어둘게."

걸음마다 머릿속에 맴돈다. 보컬의 우는듯한
목소리가 좋았다. 어릴 때부터 참는 게 버릇이 돼서 소리
내 우는 법을 몰랐는데, 왠지 음악이 나의 몫까지 울어주는
듯했다. 남들 다 겪는 사춘기, 뭐가 그렇게 슬펐던 건지.
나에게 아무 일도 일어나지 않을 거라는 생각에 아무런
슬픔이 들었던 것 같다. 문득, 언니는 어떻게 이런 울음을
듣기 시작한 건지 궁금해졌다. 작고 귀여운 미키마우스의
얼굴에 이토록 애절하고 슬픈, 어쩌면 폭력적인 감성의 곡이
가득할 수밖에 없었던 까닭이 무엇일까. 하지만 물어보지
않을 것이다. 물어보면, 내가 몰래 훔쳐 들은 게 들키게 될
테니까.

　　나는 언니를 조금 미워했다. 자꾸만 엄마의 속을
썩이고, 무서운 언니들과 어울려 다녔기 때문이다. 같은
이유로 언니에게 위화감을 느낀 적이 있는데, '고등학생이

된다는 것은 저런 거구나.'하고 넘겨짚어 버리는 것이 내가 했던 간섭의 전부였다.

기억 속 언니는 마냥 놀기 좋아하고 생각 없이 하고 싶은 것을 다 하고야 마는, 그런 사람이었다. 자유로운 영혼 그런 거. 왜 그렇게 집을 싫어하게 된 건지, 집구석에 대한 반감이 어떤 건지, 가족 간의 결핍에 어떤 생각을 하고 있는지. 그 당시의 나에게는 중요한 문제가 아니었다. 이미 언니와 나의 세계는 너무 동떨어져 있었고, 친구들과 가족에 대해 얘기를 할 때마다 "나는 언니랑 안 친해서..."라고 할 정도로 소원해진 상태였으니까. 그래서인지 나의 기억 어느 시점부터는 미키마우스 모양의 MP3가 처음부터 없었던 것처럼 사라지고 말았다. 언니에 대한 미움 혹은 애정, 그 사이의 감정도 함께.

"언니. 엄마가 집에 얼른 들어오래."

늦은 저녁, 언니에게 보낸 메시지. 돌아오지 않는 답. 아무런 말이 없는 언니의 마음을 대변하는 것은 500여 곡 남짓 채워진 미키마우스의 플레이리스트뿐이었다.

같은 가난, 같은 결핍, 같은 슬픔. 나보다 언니라 해봐야 고작 고등학생일 뿐이었는데, 단지 언니라는 이유만으로 그것들이 괜찮았을 리가 없다. 분명 언니에게도 깊은 상처를 남겼겠지. 어쩌면 가장 큰 공감과 위로를 나눌 수 있는 우리였을 텐데 마냥 미워하기만 했던 것에 늦은 후회가 든다.

그때 내가 훔친 것은 MP3가 아니라 언니의 감성이었다. 어쩌면 상처와 슬픔, 힘듦 그 언저리의 것. 언니가 입던 옷, 신발, 가방 따위를 물려받는 것으로도 모자라 이런 것까지 물려받는 거구나. 언니라고 그런 나의 모습을 보는 것이 좋았을까. 그럴 리, 없지. 하지만 어쩔 수 없다는 것을 알고 있다. 우리는 엄마의 눈물을 닮아버린, 혹은 담아버린 딸이니까.

언니.
늦었지만 잘 들었어.

견고한 순수가 있었던
시절이었다

고병관

***

안녕하세요, 뭐든 추억할 여지가 있는건 정말 행복한 일이에요,
저는 그 퀴퀴한 냄새와 거친 질감이 좋습니다.
공유할 수 있게 되어 영광입니다.

"야 요새는 DMB는 있어줘야 어디가서 폰 들고 다닌다?" 얼굴에 홍조가 그득한 통통한 녀석이 휴대폰을 바꾸고 한달넘게 자랑하고 다니던 말이었다. 그때 우리의 세계에서는 점차 휴대폰이라는 것의 입지가 커져만 갔기에 그 녀석의 거들먹거림이 점점 거슬림에서 부러움이 되는 것이 특별히 이상한 일은 아니었다.

　　현재는 상상할 수 없을 일이지만 그땐 지금의 절반 정도 크기 화면에 지금보다 더 작은 활자를 적어 그 안에 감정과 감성을 그득히 실어 보내곤 했다. 그때는 문자가 '출발하는데' 걸리는 시간이 따로 있었다. 믿겨지는가, 편지봉투를 가방에 담는 집배원도 아니고 문자가 휴대폰을 떠나기까지도 시간이 걸리는 여유가 있던 시절이었다.

가물가물하지만 이젠 켜지지조차 않는 이 조그맣고 묵직한 기계가 내 세상이었던 그 시절에는 세상이 꽤 넓었고, 이리 황폐하지 않았으며 꽤 산발적으로 웃었던 것 같다. 전염이 있는 웃음은 일 분에서 한 시간이 되고 한 놈에서 반 전체로 퍼지곤 했다. 그때의 삶은 문자가 떠나는 시간만큼이나 인간미가 있어서 문자보다는 전화를, 전화보다는 만나서 눈을 보고 이야기를 나눌 수 있었던 좁지만 닿을 수 있는 관계 위주로 이루어져 있었다. 아무리 떨어뜨려도 깨지지 않는 것은 기기보다는 그때의 관계와 열정이었을테고 소중하게 보관하고 챙기는 것은 물건 자체보다 복원할 수 없었던 추억 무더기였다.

아직은 편지 한통의 의미가 짙었고, 어눌하게도 번호를 눌러주기보단 적어줬었다. 미숙해서였을까 그만큼 낭만이 있었고, 화면 속 풍경과 즐거움에 몰입하기보단 기기 없이도 하늘을 자주 올려다 보며 실제로 내 시야에 존재하는 것들을 바라보았다. 맑고 먼 시야를 가지려 했고, 덜 무너진 육체로 바쁘게 쏘다니곤 했다. 이 기기를 다시 쥐어보면 그때는 왜 그리 딱 맞는 크기였나 싶을 정도로 어색하다.
자판을 누르는 방식도, 화면의 크기도 더이상 익숙하지 않아
그때의 감정과 상황을 재현할 수 없는 것은 이젠 켜지지 않는
기기처럼 돌아갈 수 없다는 걸 암시하는 것 같다.

'스윽-탁' 요새는 좀처럼 들리지 않는 휴대폰을 열고
닫는 소리만큼 우리는 추억을 떠올릴 많은 소리를 잃은 채
그저 넓어진 화면만큼 규모만 커진 삶을 살아간다. 그때는
기기가 쉽게 뜨거워지는 만큼 대화가 얼마나 길고 깊었는지
가늠할 수 있었다. '아무래도 좀 서로에게 상냥했었지.'하며.
하지만 더 지나고 보면 우리가 아이폰으로 카페에서 서로를
찍어주던 순간들도 아이패드로 넷플릭스를 보며 누리던
그 휴식도 결국 미래에는 이 순간도 따뜻하게 느껴질지도
모른다. 과거는 늘 좋았고, 우리는 딱 이 기기를 보는 동안만
향수에 빠져야 할 존재이니까.

가두어지지않을 향수 속에서 좀처럼 괴롭지
않았던 중학시절의 통통한 아이가 보인다. 너는 십여년

후에 꽤 남루한 어른이 되고, 너의 보물은 한없이 작고
투박해질테지만 이를 간직하고 종종 먼지를 닦아 줄
수더분함과 그때의 너를 내려다볼 다정함을 가진단다.
너의 보물은 한없이 작고 투박해질테지만 이를 여전히
버리지 못하고 종종 먼지를 닦아주는 수더분한 사람이
되었어. 그 기기에 비쳐보이는 아이와 자라버린 나에게 조금
더 다정했어야 했다며, 이제라도 급히 변해버릴 세상에
가장 소중한 지금을 매순간 다정하게 내려다보는 사람이
되어볼게.

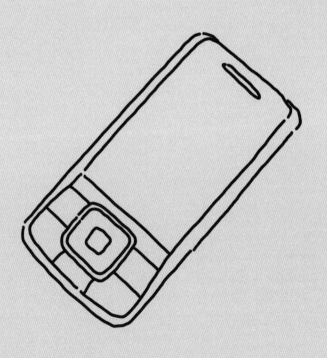

전자사전이 만든 어른

이유

***

안녕하세요, 이유입니다. 1994년 인천에서 태어났습니다. 다마고치와 mp3, 폴더폰을 거쳐 이제 스마트폰을 쓰는 29살입니다. 글 쓰는 것을 좋아합니다. 웹소설 연재도 하고 브런치에서 제 이야기를 에세이로 씁니다. 하지만 본업은 '공부'입니다. 궁극적인 삶의 목표는 평생 글을 쓰고 공부를 하는 어른이 되는 것입니다. 그럴 수 있다면 꽤 멋진 진정한 '어른'이 될 수 있지 않을까요?

하얗고 네모진 외관. 덮개를 열면 나오는 작은 화면과 오밀조밀한 키보드. 어릴 적엔 전자사전으로 참 많은 일을 했더랬다. 외국어 공부를 해야 한다는 허울 좋은 핑계도 있었으니 전자사전을 끼고 살아도 부모님의 눈치가 보이지 않았다. 야간 자율학습 시간에도 유일하게 허락되는 전자기기는 전자사전이었다. 나는 그 전자사전으로 단어검색을 하기보단 작은 SD카드에 하나하나 모은 소설을 읽거나 직접 메모장에 글을 쓰는 데 많은 시간을 썼다. 그때 교복 입은 나에게 전자사전은 나만의 미니 노트북이었다.

그 미니노트북을 가지고 먼 지역에 친구를 만나러 간 적이 있었다. 지금보다 작았던 16살 여자애의 손가락이 겨우 올라가는 조잡한 키보드 위에선, 꼭 피아니스트가

전자사전이 만든 어른

섬세하게 피아노를 연주하는 것처럼, 손가락끼리 서로 부딪치지 않도록 조심해야 했다. 그렇게 타지의 카페에 앉아 전자사전을 두드리고 있으면 나는 단번에 여유롭게 커피를 마시며 작업을 하는 인기 작가가 된 기분이었다. 고작해야 A4용지 몇 장 분량의 글을 쓰면서, 옆에 앉은 소중한 내 글 친구와 여러 번의 퇴고 작업까지 거쳤다. 대사를 한 줄씩 번갈아 쓰기도 했다. 글을 완성하고 나면 어른이 된 것만 같았다. 그럴듯한 어른 흉내를 내는 그 순간이 그땐 왜 그렇게 좋았는지.

나는 '글을 쓰는 어른'이 되고 싶었던 것 같다. 진짜 노트북까지 가지게 된 지금 나는 '글을 쓰는 어른'이 된 걸까? 내가 동경하던 '글을 쓰는 어른'은 뭘까? '글로 돈을 버는 사람'이라면, 나는 그런 사람은 됐다. 내가 글을 써 올리길 기다려주고 내 글을 사랑한다고 해주는 독자들의 마음이 계좌에 괜찮은 금액으로 찍혀 나오니까. 그런데 '멋진 글을 써낼 줄 아는 어른스러운 사람'이라면 나는 여전히 그것을 동경만 하는 어린아이가 되고 만다. 내일모레 앞자리

숫자가 3으로 넘어가는 20대의 끝자락에 서 있으면서도, 전자사전 위에 위태롭게 올려진 16살의 손처럼 이리저리 흔들리고 수많은 나와 부딪힌다. 내 삶에서 마음에 들지 않는 부분은 'Delete' 키로 싹싹 지우고 다시 걸어 나가고 싶지만, 안타깝게도 내 삶에 'Delete' 키란 없다. 소설을 읽다가 모르는 단어가 나오면 국어사전이 도와주었던 것과 달리 내 앞길을 검색해서 해석해주는 사전은 없다. 그 어린 나는 전자사전으로 참 많은 걸 하고 많은 걸 꿈꿨는데, 지금의 나는 진짜 노트북의 텅 빈 화면을 한없이 바라보곤 한다. 꼭 내 마음 같은 텅 빈 화면을, 그렇게, 멍하니.

나는 '글을 쓰는 어른'은 영영 될 수 없는 걸까 생각했다. 나는 아직도 이렇게 미성숙하고 어른스럽지 못한데, 그땐 어른이 된 기분을 느끼는 게 어떻게 그렇게 쉬웠는지. 인터넷도 되지 않는 나만의 미니 노트북과 함께라면 무엇이든 다 해낼 수 있을 것 같았는데, 인터넷이 빠르게 연결되는 노트북 앞의 나는 오늘도 한 글자 써내기가 힘들다. 이 긴 터널의 끝은 있긴 한 건지.

전자사전이 만든 어른

전자사전은 이제 켜지지 않는다. 인터넷으로 검색을
했다. '어른'이 무언지. '다 자란 사람' 또는 '다 자라서 자기
일에 책임을 질 수 있는 사람'이란다. 몸은 다 자랐는데 나는
아직도 내 일에 책임지는 것이 힘들고 벅차다. 나는 아직
어른이 되지 못한 걸까. 책임감을 키우면 나도 어른이 될 수
있을까? '책임'이란 '맡아서 해야 할 의무나 임무'란다. 내가
꾸준히 나의 임무만 해내면 난 그렇게 매일매일 어른이 될 수
있단다. 전자사전이 나에게 단어를 알려주고 글을 쓰게 했던
것처럼 나는 오늘 단어를 찾아보고 글을 써냈다. 나의 일을
해냈다. 그럼 나는 오늘은 어른이 된다.

매일 내가 써야 할 글을 쓰면 나는 '글을 쓰는 어른'이
된다고 사전은 명쾌하게 알려준다. 생각보다 별것 없다 싶다.
매일 해야 할 일을 해내는 게 얼마나 힘든지 안다. 하지만
그때마다 전자사전이 나를 쉽게 어른으로 만들었으며, 나는
고작 글 몇 줄 쓰는 것만으로도 행복했다는 것을 떠올린다.
그리고 나는 오늘도 묵묵히 나의 할 일을 해낼 것이다.

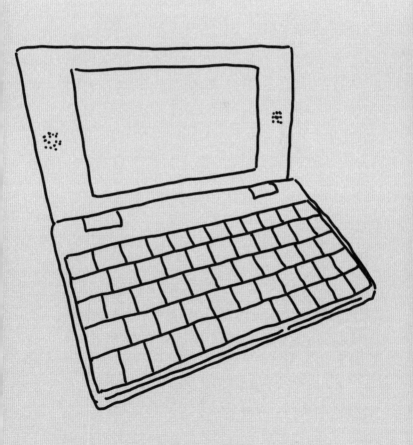

응답하라떼는

천운

***

제 이름에서 하나, 그와 어울릴 것 같은 다른 하나를 붙여지었습니다. 샘과 구름이지만 일반적인 의미의 천운이기도 했으면 좋겠습니다. 글은 일단은 막 써봅니다. 그러면 막혀도 쓰고, 막막해도 쓸 수 있을 거 같아서요. 그러다 보면 늘그막에도 쓰고 있지 않을까 하는 소망을 가져봅니다. 인생의 막을 내리는 그 순간까지도 말이죠.

허리께를 울리는 작은 진동에 주변을 살핀다.

예전엔 지금의 편의점만큼 군데군데 많았던 공중전화.
잘그락거리는 동전 몇 개나 빳빳한 전화카드를 넣고, 번호를
차례대로 하나씩 누르고, 다시 선택을 위한 번호를 누르고.
서두르는 마음을 조금은 억누르고 차근차근. 돌이켜보면 한
줄의 숫자에 담긴 음성 몇 마디를 확인하는 절차는 생각보다
길었다.

아직 나만의 전화가 없던, 나 말고도 수많은 이들이
그랬던 시절. 생일도 이미 지나간 고3의 어느 날, 생각지도
않은 친구 '둘'에게 조금 늦은 생일선물로 받았던 삐삐(
무선호출기). 스무 살이 되고 얼마 지나지 않아 휴대폰이
생기면서 삐삐를 사용했던 기간은 1년 남짓이지만, 친구들과

서로 격려하는 문자나 음성을 남기면서 입시 준비로
메말라가던 그 시절을 조금은 스무스하게 지나온 추억은
남아있다.

　　전화의 대용이 될 수도 없고 완전한 사용을 위해서는
오히려 전화가 필수 불가결한 통신기기였기에, 평소에는
죽은 듯이 내 허리춤에서 잠자고 있기 일쑤였지만 예상치
못한 순간에 문득문득 살아있음을 알리면, 그제야 내 심장도
새삼스레 두근거리곤 했다. 무언가에 고정되어버린 것
같았던 시절에 아주 약간의 빈틈을 열어주는 탈출구 같은
느낌이었을까. 작은 액정에 찍힌 번호는 누군가의 얼굴이
되었고, 공중전화로 들려오는 음성메시지는 일방향이지만
일방적이지 않았기에 차곡차곡 쌓여가며 우리들만의 대화로
남았다.

　　수화기에서 들려오는 안내를 듣고, 그대로 수화기를
살며시 내려놓은 뒤 전자 키보드를 연주하기 시작한다.
제한 시간이 지나 녹음이 끊어지기 전에 연주를 끊는

것이 중요하다. 스마트폰이라면 남은 시간을 보여주는
기능이라도 있겠지만, 눈과 손이 아닌 입과 귀만을 위한
수화기 속을 흐르는 시간은 어림짐작할 수밖에 없다. 몇 번의
시행착오를 거치며 점점 지쳐가는 표정만큼이나 반복되는
연주에 굳어가는 손끝을 걱정하며 다시 마음을 가다듬는다.
녹음 후 바로바로 확인하는 절차 또한 빼놓을 수 없다.

　　피아노를 칠 줄 알았던 덕분에 직접 연주해서
녹음했던 삐삐 인사말의 음악들-달팽이(패닉) 전주, Right
Here Waiting(Richard Marx) 전주, 너의 뒤에서(박진영)
전주 등-을 듣고 자신의 인사말에도 녹음해달라는 친구의
부탁을 들어준 적이 있다. 이제는 당시의 삐삐번호조차
기억나지 않고, 지금은 몇 번의 터치면 통화 연결음이 바로
설정되지만, 음악을 넣어줘서 고맙다던 친구의 목소리는
지금도 가끔 생각난다.

　　음성을 남기기 위해서든 남겨진 음성을 확인하기
위해서든, 삐삐만 붙들고서는 아무것도 할 수 없어 가까운

전화기를 찾아야 하는 번거로움이 가득했지만, 당시에는 그걸 번거롭다거나 불편하다고 생각하지 않았다. 으레 그렇게 하는 것이었으니까. 물리적으로는 떨어져 있어도 삐삐와 전화는 마치 표리일체라고 생각했던 걸까.

지금은 휴대폰 하나로, 한 걸음도 움직이지 않고서 음성을 남길 수 있고 확인할 수 있다. 아니, 이제는 음성을 남기는 과정조차 생략된 듯 문자로 대신하는 경우가 대부분이다. 문자와 그림으로 가득한 대화창이 쌓여가고, 소리를 시각화하려는 수많은 아이디어와 노력으로 인해 보기만 해도 들리는 기분이다. 그래서 누군가의 사서함에 음성을 남기는 일은 거의 없다시피 한 요즘, 시끌시끌했지만 시끄럽지 않았던 과거, 조용하기 그지없지만 고요하게 요란스러운 현재.

전화기는 점점 더 많아졌지만 정작 전화를 걸 일은 점점 더 적어지는 아이러니 속에서, 우리는 과정을 단축하려 애쓰고 불편을 감축하려 머리를 쓴다. 편리와 효율만을

강조하면서 불편과 비효율에는 약간의 빈틈도 내어주지
않을 것처럼.

시간이 갈수록 나이를 먹을수록 마음을 터놓을
사람이 점점 줄어드는 것 같다고 느껴지는 것은 어쩌면,
마음의 속도는 일정한데 조금이라도 빨리 전해지기를
스스로 재촉하기 때문일지도 모르겠다. 예전엔 메시지를
남겨놓는 즉시 조바심을 내며 답장을 기다리지는
않았으니까. 지금은 당연하다는 듯이 즉답을 기다리고
기대하니까. 마치 의무이자 예절인 것처럼.

인간을 둘러싼 수많은 속도가 걷잡을 수 없이 빨라져
마음의 속도도 당연히 빨라진다고 여기게 된 걸까. 마음을
전하려는 속도는 점점 빨라지지만, 마음이 전해지는 속도는
언제나 동일한데. 결코 느린 것이 아님에도 느린 것처럼,
그저 빠르기만 한 것이 당연한 것처럼 생각하게 된 것 같다.

말과 글이, 그리고 영상과 소리가 전파를 통해 빛처럼

응답하라네는   133

순식간에 전파되는 세상에서, 그 속도에 맞추지 못해 자칫 스스로가 지지부진한 것 같이 느껴지더라도, 내 마음만은 지지 않고 부진하지 않도록 잘 붙잡고 싶다.

지금 생각하면 번거로울지 모르는 수고로움을 거쳐 음성사서함에 남겨졌던 목소리들, 그 안의 감정들은 이제는 어렴풋한 기억 속의 추억으로만 남아있지만 가끔은 그때의 속도를 다시 떠올려본다. 옛날이 좋았다고 할 생각은 없다. 우리 마음의 속도는 그때나 지금이나 늘 한결같으니까.

5 | 되돌아보는 건 죄가 아니다

그 뭐더라, '액션 퍼즐 패밀리' 알아? *** 참새JJ

그때 그 시절이 아니었다면 *** 이성혁

pem letter *** 박상희

나의 첫 휴대폰 *** 땡요일

노래에 깃든, 문자에 담긴 *** 오종길

그 뭐더라,
'액션 퍼즐 패밀리' 알아?

참새JJ

***

짹짹 짹 포르르

내가 썼던 폴더폰의 자판은 흰색 감압식 터치패드 위에 회색 자판을 붙인 형태였다. 어떤 재료로 어떻게 붙였는지는 모르지만, 자판을 아주 많이, 자주 누르면 자판이 하나씩 떨어진다는 건 안다. 그때 유행하던 모바일 게임 '액션 퍼즐 패밀리'는 자판을 반복해서 누르는 단순한 게임이었기 때문에, 가장 많이 쓰였던 4번과 6번을 시작으로 하나씩 떨어져 나갔다. 자판이 떨어지면 아래쪽에서 빛나는 패드를 직접 눌러서 입력해야 했다. 이대로 둘 수 없다고 생각한 나는 더 이상의 유실을 막기 위해 케로로 빵을 먹고 나온 스티커를 그곳에 붙였는데, 이것도 좋은 방법은 아니었던 것이, 패드의 열로 녹은 접착제가 손에 끈적이며 달라붙었다. 한동안 불편함을 견디며 쓰다가, 끝내는 스카치테이프로 몇 바퀴를 돌려 자판도 접착제도 새

나오지 않게 만들었는데, 이때가 고등학교 일 학년 때였다. 그때는 나처럼 자판에 테이프를 감아 쓰는 학생이 반마다 몇 있었다. 우리는 쉬는 시간마다 만나 방 탈출 게임 '검은 방'의 공략법을 물었고, rpg 게임 '영웅 서기'에서 얻은 유니크 아이템을 자랑하곤 했다. 인터넷 요금을 걱정하면서도 종일 온라인 pvp를 한끝에 랭커가 된 친구도 있었고, 운 좋게 강화에 성공한 아이템을 몇십만 원에 판 친구도 있었다. 나 역시 새벽마다 시력을 희생하며 화면 속 몬스터를 잡았고, 수업 시간에 책상 아래에서 몰래 휴대폰을 만지다가 뺏기곤 했다. 적어도 '우리'에겐 그것이 당연한 때였다.

    그때를 생각하면 여러 기억이 난다. 그땐 형광 하늘색의, 유난히 터치감이 좋았던 MP3를 썼는데 손가락만 크기임에도 제법 많은 음악을 담을 수 있었다. 린킨 파크라거나, 그린 데이, 에미넴 같은 익숙지 않은 이름의 가수를 누군가에게 추천받아 넣었고, 가사 뜻도 모르면서 줄창 들었다. 수업 시간엔 MP3를 아래에 두고 셔츠 안쪽으로 이어폰을 통과시켜 손바닥으로 나온 헤드를

턱 괸 체하며 들었다. 그땐 감쪽같다 생각했으나, 대여섯
명이 같은 자세로 움직이질 않으니 선생님은 모를 수가
없었을 것이다. 손바닥만 한 PMP를 필통에 넣곤 자막만
읽으며 영화를 보는 녀석도 있었고, 책상 아래로 휴대폰을
만지다가 시야각이 어색하단 걸 알고선 책상에 구멍을
뚫어 서랍 안에 둔 휴대폰을 쓰는 대담한 녀석도 있었다.
성인이 되어서도 군대에 비인가 PSP를 반입하거나 대학
강의 시간에 노트북으로 게임을 하는 이들이 여전히
있었으나, 서른을 넘긴 지금에 와선 그러한 패기랄지, 열정
어린 태도로 전자 기기를 쓰는 이는 없어졌다. 그도 그럴
것이, 당시의 전자 기기들, 전자사전부터 MP3, PMP, 그
전으론 엠씨스퀘어라거나 CD플레이어와 같은 것이 이제는
핸드폰으로 수렴했고, 무엇보다 이제는 그다지 신비하지도,
재미나지도 않으니, 무료한 웹서핑만 반복하게 된 것이다.

　　전자 기기라는 소재로 글을 쓰려고 하면서 나는 낡고,
테이프로 감긴 옛 휴대폰을 떠올렸다. 그 시절의 추억, 이내
수험 생활이라는 풍파에 묻히고 마는, 시기를 명명할 수

없을 정도로 찰나의, 그렇기 때문에 더 아련하게 기억되는 추억이 담긴. 놀이동산으로 소풍을 가던 날 부모님께 빌린 디지털카메라로 담은 옛 친구의 얼굴을(점이 많던 그 친구는 최근에 결혼을 했다), 오타쿠였던 친구의 PMP로 깜깜해진 농구장에서 몇 시간이나 앉아서 봤던 애니메이션을(머리가 항상 떡져있던 그 친구는 변호사가 됐다), 전자사전으로 영어 단어를 검색할 때 책상 맞은편에서 채점을 하던 과외 선생님을(지금은 내가 몇 명의 학생에게 과외를 하고 있다) 떠올린다. 그리고 문득 생각하기를, 지금의 내가 90년대를 그리워하듯, 미래의 나 역시 20년대를 추억할까? 아저씨가 된, 할아버지가 된 미래의 나는 무엇을 떠올릴까. 얼마 전엔 닌텐도 스위치를 충동적으로 사서 슈퍼 마리오와 젤다를 한참 하다가 돈이 쪼들려 되팔았고, 비싸다고 생각한 그래픽 카드가 코인 대란 직후 귀해져서 내심 기뻐하기도 했다. 휴대폰이 접힌다느니, 카메라가 튀어나왔다느니 말이 많지만, 유행에 둔감한 나는 몇 년 전의 기기를 저렴하게 쓰고 있고, 무선 이어폰으로 유튜브 뮤직의 자동 재생 목록을 들으며, 중고 노트북으로 글을 쓰는 지금,

아,

새삼 느끼기를, 사람이 없구나. 내가 과거에서
떠올렸던 건 처음 보는 전자기기도, 뭐든 새로웠던 그 시절도
아니고, 언제 어디서나 가득했던 친구들, 우리였구나.
하기야, 중학교, 고등학교만큼 우리를 끈질기게 붙잡고
엮어주는 곳이 어디에 또 있을까. 사회로 뱉어진 우리는
각자도생, 먹고살기에 바빴고, 가족을 꾸리기에 바쁘고,
노후를 준비하기에 바쁠 것인데. 인스타의 좋아요로,
카카오톡의 선물하기로 관계를 대체한 우리가, 아니 내가,
오프라인의 시대에서 온라인 세상으로 완벽히 전향한 이상
무엇을 바랄 수 있으랴. 그저 언젠가 누군가의 입에서 옛
모바일 게임 얘기가 나왔을 때, 들뜬 마음으로 한 마디
꺼내기 위해 기억 속의 낡은 장난감을 되새기는 것 외에는.

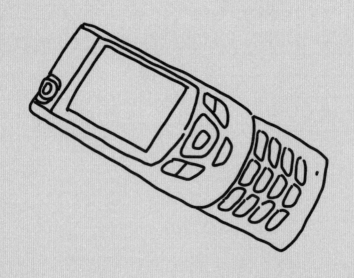

*

"새삼 느끼기를, 사람이 없구나.

내가 과거에서 떠올렸던 건 처음 보는 전자기기도,

뭐든 새로웠던 그 시절도 아니고,

언제 어디서나 가득했던 친구들, 우리였구나. "

그때 그 시절이 아니었다면

이성혁

***

학창시절 휴대폰 압수 N회 경험자. 교무실 청소 당첨자.
카드라이더 무지개 장갑.
독립출판물 에세이집 <2분 30초 안에 음료가 나가지 않으면 생기는 일>,
스토리지북앤필름에서 <내가 카페에서 들은 말>,
<책 만드는일의 쓸모>(석영 공저)를 썼습니다.

고등학교 3학년이 되기 전까지 공부를 거의 안 했다. 거의라는 말도 무색할 정도로 하지 않았다. 학교를 땡땡이치거나 무단결석하는 학생은 아니었다. 부지런히 출석했다. 무단결석한 적은 단 한 번도 없었다. 그저 수업 시간에 급식 메뉴를 조금 더 생각하고 선생님과 농담 따먹기 좋아하는 학생이었다. 나는 당시 대학이라는 것을 구체적으로 생각해본 적이 없었다. 그것은 늘 막연한 미래였다. 초등학생 때부터 꾸준하게 태권도장을 다녔고 주변에는 태권도학과로 진학한 형과 누나만 가득했다. 자연스럽게 나도 그렇게 될 거라고 생각했다. 운동을 하면 공부를 하지 않아도 되는 줄 알았던 시절이었다. 그런 생각으로 살다 문득 내가 태권도를 하기 싫어지면 어떡하지 싶어졌다. 태권도를 그렇게 좋아하지도 않았다. 나에게

도복을 입는 것은 그저 습관 같은 일이었다. 그러니까 나는 적성이 없는 아이였다. 생각은 현실이 되고 점점 태권도가 하기 싫어졌다.

그제야 남들처럼 공부해야겠다고 생각했다. 고3이 되어 시작된 야간 자율 학습에 친구들을 따라 참여하기로 했다. 책상에 앉았는데 무엇을 어떻게 해야 하는지 정말 아무것도 몰랐다. 야간 자율학습 시간에 친구들은 공부를 어떻게 하나 둘러보았다. 수업을 열심히 듣지 않던 친구도 야간 자율학습 시간에는 PMP를 이용해 인터넷 강의를 들었다. 그런 친구의 모습이 조금 멋있어 보였다. 열심히 하는 느낌이 가득 보였다. 집으로 돌아가서 녹색 창에 PMP 를 검색했다. 얼핏 보았던 친구들의 PMP 모델이 보였다. 코원과 아이스테이션 PMP가 인기 순위 가장 위에 있었다. 전자사전과 라디오도 있는 모델들이었다. 가격이 생각보다 많이 나가서 스크롤을 내려 적당한 가격을 찾아보았다. 나는 영상만 나오면 된다는 입장이어서 비싼 PMP는 사지 않아도 괜찮다고 생각했고 마침내 원하는 기종을 찾았다.

멕시안 PMP. 처음 들어보는 회사의 기기였다. 그만큼
신선하고 특별하다는 느낌이 들었다. 그 시절은 새로운
모델이 친구들의 관심을 얻었다. 친구들 PMP는 모두
검은색이었는데 흰색 기종인 것도 은근 마음에 들었다.
엄마에게 말했다.

"엄마, 나 이제 고3이잖아. 나도 공부 좀 열심히
해보려고."

친구들은 전부 PMP로 공부한다고. 엄마는 흔쾌히
결제해주셨다. 그런데 알고 보니 공부하기 위해서는
PMP만 있어야 하는 것은 아니었다. 강동구에 사는 나는
강남구청에서 제공하는 월 2만 원짜리 인터넷 강의(
이하 '인강')를 구입했다. 당시 우리 반 친구들은 두 가지
인강 사이트를 이용했는데 하나는 메가스터디, 하나는
강남구청이었다. 정확한 기억은 아니지만 메가스터디
인강은 한 달에 10만 원이 넘었을 것이다.

인터넷 강의 듣기 시작했지만, 자습 시간 매일 고개를 꾸벅꾸벅 조는 게 일상이었다. 그런 나에게 반에서 공부로 한 손안에 들던 친구가 팁을 주었다. 잠이 올 때마다 '거침없이 하이킥'을 보라고. 한 번 리프레쉬하면 다시 집중할 수 있다고. 그 말을 듣고 하교 후 푸르나에서 거침없이 하이킥을 다운 받아 PMP에 넣었다. 친구 말은 정말이었다. 영어 인강을 듣다 졸리면 '하이킥'을 틀었다. 나는 효과를 보기 시작하자 영화도 넣었다. 영화뿐 아니라 드라마도 넣었다. 좋은 핑계가 생긴 것이다.

점점 강의보다 영화나 드라마를 보는 시간이 늘었다. 나뿐 아니라 흔히 말하는 우등생 친구들을 제외하고 많은 친구가 PMP로 영화나 드라마를 보았다. 어떤 날은 온종일 일본 드라마를 보고 집에 돌아온 날도 있었다. '1리터의 눈물', '세상의 중심에서 사랑을 외치다.', '지금 만나러 갑니다.' 같은 일본 영화와 드라마를 보는 것이 유행이었다. 나는 분명 남고에 다녔는데 내 친구들은 왜 그렇게 감성적이었는지. 점심시간에는 축구를 하고 자습 시간에는 영화 이야기를 했다. 그 대단한 반지의 제왕을 PMP의 조그만 디스플레이로 보았으니까, 영화를 보는 일에 열정이 정말 가득했다. 단순히 영상을 보는 것이 아니라 그 안에 담긴 이야기들도 사랑하게 되었다. 사건과 인물들이 만드는 이야기는 늘 흥미진진했다.

영화나 드라마를 볼 때마다 시간이 가는지 몰랐다. 단순히 재밌다기보다 요상한 감정들이 모였다. 그건 나도 이런 걸 만들어보고 싶다는 최초의 발견이었다. 중고등학교 시절 여러 차례 직업, 진로 탐색 시간에도 찾지 못하던 직업에 대한 관심이 생겼다. 영화감독이 되고 싶어졌다. 수시 원서를 넣는 계절이 찾아와 나는 망설임 없이 영화학과에 수시 원서 7개를 넣었다. 결과는 불 보듯 뻔하게도 전부 낙방했다. 나는 의기소침해하지 않았고 영화 보는 시간을 줄이고 인강을 보기 시작했다. 아니, 그랬다면 지금의 나는 조금 달라졌을까. 나는 영화를 더 사랑하게 되었다. PMP는 나의 가장 친한 친구였다.

정시 원서 시즌 나는 부모님이 원하는 전공과
영화학과에 원서를 넣었다. 가군, 나군, 다군 세 곳 빠짐없이.
그리고 몇몇 전문대에도 지원했다. 재수는 할 수 없다는
마음이었다. 결국 다 떨어지고 경기도에 있는 전문대학
방송 영상과에 합격했다. 셔틀을 타고 다녀야 했고 2년제
학교였지만 정말 좋았다. 막연한 감정에 기쁨이 생겼다. '
내가 하고 싶은 일을 하기 위한 공부를 한다.'라는 감정이
가슴을 두근거리게 만들었다. 그 두근두근으로 그 시절
학교에서 단편 영화도 만들고 다큐멘터리도 만들었다. 나는
창작하는 일을 사랑했다.

물론 지금은 영상과 관련 없는 일들로 살아간다.
때때로 어떤 대상은 삶의 발걸음으로 남는다. 그 시절 덕분에
영상을 공부했고 영화와 드라마를 사랑하는 사람으로
살아간다. 내가 사랑했던 것들은 영상에서 이야기로
변해버려 지금은 글로 이야기를 쓰는 생활을 한다. 지나온
발걸음이 지금의 나를 존재하게 한다. 사실 나는 여전히
영화감독이 되고 싶다. 헐리우드를 사랑하고 일본 영화

포스터를 보면 아직도 가슴에 이상한 감정이 찾아든다.
이상한 감정은 추억에서 온다. 나이 먹고는 일본 영화를 자주
보지 않는다. 아니 거의 보지 못한다는 말이 더 정확하다.
그렇지만 영화관에서 가끔 일본 영화 포스터를 볼 때면 그
시절이 생각난다. PMP에 일본 드라마를 가득 넣고 보던
시절. 지금은 그때의 PMP가 어디로 사라져버렸는지 알지도
못한다. 하지만 그때 그 시절이 아니었다면 지금 나는 어떤
걸음을 하고 있을까.

pem letter

박상희

***

온라인 글쓰기 모임 <보통의 글쓰기> 운영자. 목표를 갖는 걸 숨
막혀하는 현재 지향적 인간이지만 그렇다고 대충 사는 건 아니다.
결과보다 행위 자체에서 즐거움을 찾는 편. 꽂히는 일은 힘껏
밀어붙이며 이때 완벽주의적 성향이 발현된다. 사람, 책, 글짓기,
베이킹, 플랫 화이트, 초록, 밤 외출, 숙취해소 음료를 좋아한다.
프랑스인 남편, 귀여운 두 아이와 함께 싱가포르에서 거주 중.

이 세상엔 조용히 나타났다 사라지는 것들이 있다. 잊힌다고 하기엔 잊을 기억조차 남기지 못하는 그런 것들. 한때 그런 물건을 애용한 적이 있다. 적어도 내게만은 짙은 기억을 남긴 물건을.

불쑥불쑥 솟아오르는 이해할 수 없는 감정에 시달리던 사춘기 시절, 내게 가장 소중한 물건은 '문자 폰' 이었다. 문자만 되는 휴대폰. 그 기계는 내 손에 쥐기 딱 좋은 크기였는데, 주머니 안에서 그것이 진동할 때마다 나는 기쁨으로 몸을 떨었다. 그 당시 주고받은 메시지라 봐야 친구와의 별 시답지 않은 수다가 전부였겠지만, 나는 모든 문자 메시지 하나하나가 무척 반갑고 소중했으며 무엇보다 중요했다. 나의 지금과 너의 지금. 나의 기분과 너의 기분. 그 당시 그것보다 더 중요한 것은 없었다. 할 말도, 비밀도 많던 그 시절. 그때의 차고 넘치던 이야기들은 다 어디로 가버린 걸까.

타이핑하는 법은 지금 생각하면 우스꽝스러울 정도로 번거로웠다. 화살표 버튼으로 자음과 모음 사이를 오가다 원하는 곳에 멈춰 확인 버튼을 누르는 식이었다. 타타 탁, 타타타타 탁, 타타타 탁. 보통의 십 대 청소년들이 그러하듯 나 또한 그 정도의 사용법쯤에는 금방 익숙해졌고 머지않아 눈을 감고도 오타 없이 빠르게 타이핑하는 경지에 이르렀다.

한 번은 수업 시간에 문자를 보내다가 과학 선생님께 걸렸다. 남들과 조금 다른 외형과 행동 때문에 아이들 사이에게 인기가 없던 그였다. 어떤 이유에선지 유독 내게 관대했던 그 선생님은 나의 도전 의식을 자극하곤 했다. 그 도전 의식이라 하믄 어디까지 까불면 나를 혼낼까, 하는 철없는 도발 따위였다. 아슬아슬 선을 넘나드는 나를 보는 것을 친구들도 재밌어했고 그런 친구들 앞에서 쿨한 녀석이 되는 기분이 나쁘지 않았다. 그런 연유로 책상 밑에서 무얼 하는 거냐는 질문을 들었을 때, 겁이 났다기보다는 그 상황을 은근히 즐겼다. 나는 대답 없이 문자 폰을 책상 위에 올려

두었다.

선생님이 그 기계를 집어 들자 교실에 있던 모든 아이들의 시선이 쏠렸다. 그 희귀한 물건에 대한 선생님의 반응이 궁금하면서도 혹시나 그걸 압수당할까 봐 마음 한구석이 불안했다. 문자 폰을 유심히 바라보던 선생님이 애매한 톤으로 "이거, 핸드폰이잖아?" 했을 때, 그게 뭐가 웃기는지 친구들은 까르르 웃음을 터트렸다. 우리의 예상은 빗나가지 않았다. 선생님은 화를 내지 않았고, 문자 폰의 존재 또한 몰랐다.

"그거 문자 폰이에요!"

"문자만 되는 핸드폰이요!"

그날 우리는 어른보다 우월해지는 드문 경험을 했다. 선생님은 모르고 우리만 아는 최첨단 정보통신기기! 우리 반에 딱 하나, 아니 어쩌면 전교에서 딱 한 대뿐이었을 그 기기를 모두가 자랑스러워하던 순간이었다.

그러거나 말거나, 선생님은 그게 무슨 소리냐는 표정으로 문자 폰을 자기 귀에 가져다 댔다. 그냥 평범한 휴대폰임을 증명해내기라도 하려는 듯이. 그걸 보는데 온몸에서 소름이 오소소 돋는 것 같았다. 내 소중한 문자 폰이 그의 손뿐 아니라 번들거리는 얼굴과 귀에까지 닿았다는 것이 몸서리치게 싫었다. 인기 없는 선생님이 편애하는 소녀가 같은 정도로 그 선생님을 싫어하는 일은 어쩌면 자연스러운 일이었다.

선생님은 분명 특이한 구석이 있었다. 유난히 부드럽고 작은 목소리, 그걸 커버하기 위해 사용하는 핀 마이크와 그 덕에 확성되어 들리던 그의 숨소리 하며, 마이크를 두 손가락으로 집는 습관 같은 것들. 그중에서 가장 마음에 안 들었던 점은 남자의 헤어스타일이라고 하기엔 어색하게 느껴졌던 숱 적은 단발머리였다. 천장에 달린 회전 선풍기 아래를 지날 때면 부드럽게 날리던 그의 머릿결은 어이없을 정도로 비단결 같았다. 나는 그 장면을 싫어하면서도 기다리곤 했다. 그 장면 뒤에 마주치게 될 친구들의 짓궂은 눈빛과 토하는 시늉이 좋아서 그랬다.

선생님은 그 기계를 끝내 이해하지 못한 채로 나에게 돌려줬다. 교복 치마에 문자 폰을 문질러 닦으면서 이걸 압수당하지 않았다는 사실에 얼마나 안도했는지.

그러면서도 나는 정신을 못 차리고 다시 책상 밑에서 메시지를 작성했다.

'지대 짱남, 과학이 내 문자 폰 만짐.'

그렇게 소중했던 문자 폰은 폴더폰을 갖게 되면서 뒷전이 되어버렸다. 나는 의리도 없이 단번에 폴더폰에 온 마음을 빼앗겼고, 문자 폰이야 어떻게 되든 상관하지 않았다. 그로부터 지금까지 나는 문자 폰의 행방을 모른다.

그동안 더 편리하고 획기적이라는 휴대폰을 여러 대 거쳐왔지만, 문자 폰만큼 생생한 추억이 깃든 휴대폰은 없다. 그것은 문자 폰의 불편함과 희귀함, 그러니까 특별함 때문이 아닐까. 내가 과학 선생님을 20년이 지난 지금도 여전히 생생히 기억하는 것도 같은 이유에서일 것이다.

*pem letter : privacy enhanced mail

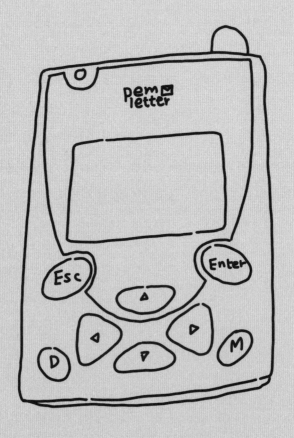

*

"나는 의리도 없이 단번에 폴더폰에 온 마음을 빼앗겼고,

문자 폰이야 어떻게 되든 상관하지 않았다.

그로부터 지금까지 나는 문자 폰의 행방을 모른다."

나의 첫 휴대폰

땡요일

***

어느 요일이나 글과 함께 하고 싶습니다.
기록의 힘은 대단하다고 생각하기에
매일 달라지는 것들과 제 생각을 적어내려갑니다.
@anyday29

나는 지금 아이들을 가르치는 일을 하고 있다. 주로 초등학생을 담당하지만 공식적으로는 중학생을 담당한다. 다행히 내가 가르치는 중학생들은 능글맞게 선생님과 친하게 지내며 학업도 열심히 하는 귀여운 아이들이다. 요즘 중학생들이 나의 나이를 가지고 놀리는 일이 굉장히 많다. "선생님은 몇 살이에요?"라는 질문에 내가 대답을 한 뒤로부터 아이들은 좋은 먹잇감을 발견이라도 한 듯 쉬는 시간에 나를 놀리곤 한다. "선생님 어렸을 때는 삐삐 썼죠?" "아니야 선생님은 집에서 돌리는 전화기를 썼을 거야." 라며 나를 머나먼 과거 사람으로 대한다. "선생님 어렸을 때는 슬라이드 폰이나 폴더폰을 썼어 삐삐 아니야."라는 나의 대답에는 관심이 없는 듯 아이들은 어디 인터넷에서 본 과거에 대해 질문한다. "예전에는 전자사전이라는 걸

나의 첫 휴대폰

썼어요? 전자사전으로 노래도 들었다는데 진짜예요?"

"mp3는 어떻게 생긴 거예요?"라며 말이다. 아이들의
질문에 수업 시간이라는 핑계를 대었기에 그 질문의 답은
흐지부지되었다. 수업이 끝난 후 한 학생이 내게 찾아와 "
선생님 저 시험 잘 보면 엄마가 휴대폰 바꿔주신대요. 저
공부 진짜 열심히 할 거예요. 두고 보세요!"라며 포부를
말하고 결의에 찬 눈빛으로 날 바라봤다. "선생님이
핵심이랑 개념 잘 이해할수록 도와줄게!"라고 말한 후
무엇을 더 보충해줘야 하나 생각하며 문을 나섰다. 그 후
퇴근길에 문득 내가 사용했던 전자기기가 떠올랐다. '나 때는
슬라이드 폰이 최고였는데.'

　　나에게 첫 휴대폰은 뜻깊은 의미가 있다. 때는
2009년, 내가 10살 때 이야기다. 다른 친구들은 하나둘씩
휴대전화를 가지고 부모님, 친구들과 문자로 자유롭게
연락을 하는 것이 어린 나의 눈에는 너무 부러웠다. 하지만
우리 집은 초등학생 아이에게 휴대전화를 들리기엔 형편이
좋은 편이 아니었고 사준다 하더라도 덜렁거리는 내 성격

탓에 망가지는 거나 잃어버리는 것이 걱정되어 나의
휴대폰 구매는 항상 허락되지 않았다. 그 시절 초등학생이
휴대전화로 할 수 있는 건 친구와 가벼운 문자, 부모님과의
전화 그리고 미니게임 정도였다. 나는 휴대폰이 부러운
게 아니라 휴대용 게임기가 가지고 싶은 것이었다.
주주클럽이라는 애니팡 같은 게임과 붐 링크라는 심지를
조작하며 폭탄을 터트리는, 그 시절을 아는 사람이라면
누구나 들어봤을 법한 게임들을 즐기고 있는 친구들이
부러웠던 것일지도 모른다. 어린 시절의 나는 굉장히
얌전했기에 여러 번의 "핸드폰은 절대 안 돼!"라는 말에
휴대폰을 마음속에서 포기했다. 휴대폰이라는 주제로
친구들과 어울리기도 포기했다. 그냥 놀이터에서 놀며
휴대폰에 대한 생각을 없애고 집에서 부모님 휴대폰으로
게임하는 것에 만족하며 지냈다.

    중간고사를 앞둔 어느 날 어머니가 한 가지 제안을
하셨다. 나의 모습이 처량해 보이셨는지 아니면 안전을 위해
휴대전화의 필요성을 느끼신 건지 국어, 영어, 수학, 과학

나의 첫 휴대폰   165

통칭 '국수사과' 과목 중에 2가지 과목에 100점을 받으면 휴대전화를 선물해주시겠다는 것이다. 나는 제안을 받은 것만으로도 너무 기뻤다. 드디어 나에게도 휴대폰이라는 희망이 생긴 것이니 말이다. 그날 이후 공부보다 먼저 한 것은 친구들에게 이 기쁜 소식을 전한 것이다. "엄마가 100점 2개 받으면 휴대폰 사준대! 나 진짜 열심히 할 거야!" 라며 모두에게 포부를 전했다. 수학에는 꽤나 자신이 있어서 국어, 사회, 과학 중에 하나만 100점을 받는다면 충분히 가능성이 있었다. 하지만 공부는 힘들었다. 나머지 3과목을 전체적으로 공부하는 것은 정말 어려웠다. 특히 사회가 어려웠다. 어려서의 기억이지만 아직까지 생생하게 기억난다. '난 사회는 정말 못하겠어, 국어 과학을 열심히 해야겠다.'라는 생각을 하곤 의지에 불타는 만화 캐릭터처럼 삐뚤빼뚤한 글씨로 [수학 100점 국어 과학 중에 한 개 100점]이라고 쓴 뒤 책상에 테이프로 붙여놓았던 것이 말이다. 시간도 부족했던 나는 노는 시간을 조금씩 줄여가며 공부에 매진했다. 초등학생치고 오랜 시간 하나의 목표를 가지고 앞만 보고 공부했다.

대망의 시험날이 밝았다. 그날의 나는 정말 이미 100
점을 맞은 것처럼 자신감에 차있었다. 국어 시험지를 받았을
때 나는 확신했다. 곧 나에게도 휴대폰이 생길 것이다. 국어
시험은 쉬웠고 문제의 수학 시간이 찾아왔다. 그 시간을
난 아직도 잊지 못한다. 수학에는 자신 있었던 나였기에
당연히 100점을 받을 것이라고 확신했다. 하지만 헷갈리는
답에 나는 당황을 금치 못했다. 시간은 흘렀고 나는 답을
찍어야만 했다. 그렇게 사회, 과학 시험도 손 쓸 새 없이
지나갔다. 수학 이후의 과목들은 찍어버린 수학 문제에
매몰되어 제대로 문제를 풀지도 못했다. 세상의 시간은
흐르고 있었지만 내 정신은 수학 시간에 멈춰있었다. 지나간
시간을 되돌리고 싶었다. 다시 풀면 분명 다 잘 풀 수 있을
것만 같았다. 그렇게 내 시험의 시작은 자신감에 차있었지만
끝에는 후회만 가득 남았다. 긴장했던 탓에 흘렸던 땀 탓에
찝찝한 느낌과 함께 말이다.

집에 귀가 후 나는 정말 세상을 잃은 기분으로
바닥에 엎드려 있었다. 하지만 그 주 주말에 어머니는 나를

데리고 휴대폰 가게로 가서 꽁폰이라고 불렸던 [슬림 판다]
라는 휴대폰을 선물해주셨다. 원더걸스가 선전했기에
나름 유명한 휴대폰이었고 같은 기종을 사용하는
아이들도 많았었다. 어머니는 내게 노력했던 시간을 잊지
말라며 앞으로도 열심히 할 것을 약속시키시곤 휴대폰을
건네주셨다. 나는 그 휴대폰을 내 노력으로 얻어낸 것이 너무
기뻤다. 뒤늦게 나온 결과는 수학과 과학이 100점이어서
결국 결과는 상관없었지만, 나도 할 수 있다는 걸 친구와
부모님에게 보여준 것 같아서 뿌듯했다.

　　　　휴대폰을 받은 후 제일 먼저 한 것은 부모님의
연락처를 저장한 후 단축키 1번과 2번에 올려놓는 것이었다.
이제 부모님의 전화번호를 까먹을 일도 없었고 선생님한테
전화번호를 물어볼 일도 사라졌다. 무엇보다 전화를 하기
위해 1층까지 내려가 콜렉트콜을 이용하지 않아도 되었다.
월요일이 되어 학교에 갔을 때는 내 휴대폰을 자랑하느라
바빴다. 잊을까 봐 소중하게 메모해온 전화번호를 소리
내서 친구들에게 말해줄 때 알 수 없는 희열도 느꼈다.

이제 문자도 하고 전화도 할 수 있고 언제든 친구들이랑 연결돼있는 그 기분 때문이었다. 하지만 막상 휴대폰이 생기니 전화나 문자보다는 다른 것에 집중하게 되었다. 벨소리 바꾸기, 사진 찍기, 키패드로 노래 연주하기 등 작은 장난감이 생긴 것처럼 놀았다. 그 당시 아주 작은 휴대폰으로 사진을 찍고 친구들에게 보여주고 연속 촬영으로 공중 부양 사진도 찍었다. 키패드로 캐논을 연주하기도 하고 친구들과 누가 더 빨리 연주할 수 있나 내기를 하며 휴대폰이 있는 그 순간을 만끽했다.

남들에게는 그저 쉽게 얻었거나 평범한 휴대폰일지 몰라도 나에겐 소중했다. 흠집 하나 남기지 않고 애지중지 사용한 휴대폰은 2년이라는 시간의 흐름에 하나둘 삐그덕거리기 시작했다. 결국에는 바꾸는 게 좋겠다는 서비스센터의 답을 듣고 2011년 새 휴대폰을 구매했다. 내 손때가 묻은 물건을 바꾸는 게 싫었다. 하물며 내가 어떻게 얻어낸 나의 첫 휴대폰인데 하는 마음이 들어 바꾸고 싶지 않았다. 새 휴대폰으로 바꾸면 그 추억과 그 시절의 내가

나의 첫 휴대폰

전부 사라질 것만 같았다. 하지만 결국 htc사의 레전드라는 스마트폰을 쓰게 됐고, 시간이 지나 새로운 휴대폰으로 몇 번 더 바꾸었지만, 아직 10살 무렵 첫 휴대폰을 가졌을 때 만한 기쁨과 감동을 느끼지는 못했다. 치열하게 공부한 결과로 얻어낸 기억은 이제 추억이 되어 내 마음 한편을 밝힌다.

노래에 깃든,
문자에 담긴

오종길

***

과거의 나를 자주 꿈에서 만나는데,
그 시절의 내게 해주고 싶은 말이 떠오를 때마다 글을 쓴다.
저서로 『DIVE』, 『LOVE AFFAIRS』, 『무화과와 리슬링』 등이 있다.

2007년, 고등학생 종길은 단조로운 일상을 보낸다. 이른 등교와 수업에 이은 수업. 야간 자율 학습과 독서실로 이어지는. 쳇바퀴 굴러가듯 반복되는 일상은 무료하기 짝이 없어 보인다. 종길은 무슨 낙으로 학창 시절을 버틸 수 있었을까. 분명 고단했고 두려웠으며 막막한 나머지 울어버린 날도 있었는데, 이제는 기억이 어렴풋하다. 흐릿한 미래를 향해 나아가던 십 대를 어떻게 설명할 수 있을까. 서른이 넘어 오래된 시간을 돌아본다. 아무것도 남아있지 않지만, 그 시절 우리들에겐 분명 있었을 것이다. 손바닥에, 주머니에, 혹은 가방 속에.

종길에겐 많은 곡이 들어가는 MP3가 없었고, 핸드폰에 더 많은 노래를 담거나 플레이리스트를 자주 바꿀

만큼 기계와 친하지도 않았다. 하지만 열 곡 남짓한 노래를 들을 수 있는 핸드폰 하나면 충분했다. 집과 학교, 학원과 독서실, 4교시와 5교시 사이. 이곳과 저곳을 잇는 풍경마다 귓가에 맴돌던 노래들. 몇 곡의 노래면 하루를, 일주일을, 지지부진한 시간을 견딜 수 있었다.

　　　방학이 지난 뒤였던가, 종길이 새로 산 핸드폰은 모델명 SCH-W270, 일명 고아라폰이었다. 새 학기를 맞아 얇고 심플한 디자인의 신형 핸드폰이 생겼지만, 이전과 다름없이 별다른 기능을 사용할 줄은 몰랐다. 책상 위에 놓인 하얀 폴더폰을 본 짝꿍은 그것에 관심을 보였고, 아무런 기능을 쓰지 못하는 내게 사용법을 알려주겠다, 선뜻 제안했다. 하여 주말에 친구네 집을 찾았고 그는 내게 필요한 기능을 몇 가지 전수해준 뒤 멀뚱히 앉아있다가 말했다. 이거 진짜 신기하다. 고갤 돌려보니 그는 힌지부에 배치된 회전 카메라를 앞뒤로 돌려가며 핸드폰을 매만지고 있었다. 눈이 마주친 그는 덥석 어깨동무를 했고, 우리는 셀카를 찍었다. 그날 밤 집으로 돌아와 배운 대로 노래를 담은 뒤 사진첩에 든 사진을 보았다. 새 폰에 저장된 첫 번째 사진이었다.

엄지를 튕겨 폴더폰을 열면 고심해서 넣어둔 목록이
화면에 나타났다. 새로운 플레이리스트를 꾸릴 때까지
수도 없이 반복해서 들을 노래들 말이다. 종길은 그것을
대부분 혼자서 들었는데 어느 날 친구가 다가와 물었다.
무슨 노래 들어? 그는 옆자리에 앉아 작은 화면에 띄워진
제목들을 찬찬히 훑고는 말했다. 나도 들어봐도 돼? 나만
알고 있는 노래를 처음으로 들려줄 때, 긴장한 채로 친구의
반응을 기다렸다. 너도 좋아할까, 나는 좋아하는데. 남몰래
아껴둔 노래를 듣던 그가 지어 보인 얼굴이 기억난다. 티
없이 맑은 표정이었다. 반면 침 삼키는 소리가 너무 크진
않을지, 요동치는 박동을 들킨 건 아닌지 가슴 졸이던
고등학생 때의 나. 어리숙한 종길은 괜히 자세를 고쳐
앉으며 그 장면을 한 번 더 눈에 담았다. 집중하는 모습을
보는 건 낯선 마음이었고, 당장에라도 터질 것처럼 심장이
쿵쾅거렸다. 가만히 듣던 친구에게 묻고 싶었다. 무슨 생각을
하는지, 내가 좋아하는 노래를 너도 좋아하게 됐는지.
나눠 낀 줄 이어폰과 이어폰에 달린 음량조절 버튼을 눌러

볼륨을 높이던 손동작, 흘러나오는 음악 소리. 지금 여기가 학교라는 사실은 금세 잊혔다. 다음 날 짝꿍은 자신이 아끼는 노래도 내게 소개해주었는데, 내 것과는 다르게 풍성한 플레이리스트를 들으면 알 수 없는 기분에 사로잡혔다. 처음 가본 낯선 나라를 산책하는 것만 같았다. 생경한 노래는 차차 익숙해졌고, 귓전엔 그가 즐겨듣는 노래가 아른거렸다. 우리는 비슷한 노래를 공유했고, 사진첩엔 함께 찍은 사진이 쌓였다. 카메라를 앞뒤로 돌려가며 바라보는 것을 찍기도, 바라보는 우리를 찍기도 한다는 사실은 열여덟의 종길에게 낭만이었다. 언제든 이곳에서 저곳으로 떠날 수 있었다.

　　비단 노래만 있었던 것은 아니다. 핸드폰 속에는 몇 곡의 노래뿐만 아니라 몇몇 문장들도 있었다. 지금처럼 카톡이 없던 시대엔 무제한으로 대화를 주고받을 수 없었기에 몇 통의 문자를 고심하며 나누지 않았던가. 글자 수 제한에 맞춰 띄어쓰기를 줄이고 꾹꾹 눌러 담은 말들이었다. 개중 소중한 문자들은 보관함에 고스란히 담겼고, 밤늦도록 잠이 오지 않을 때면 보관함 속 문장들을 읽곤 했다. 두통에 시달리던 내게 약 뭉치를 전해주러 오던 친구의 다급함이 녹아있는 문자가, 빗소리를 좋아하던 우리가 수줍게 고백했던 마음과 따스한 위로가, 두 주먹 불끈 쥐게 하는 용기, 함께 맞은 첫눈의 추억, 촉석루를 산책하던 저녁 감상 모두 생생하게 느낄 수 있었다. 온 세상이 잠든 것처럼 적막한 새벽에 화면 속 불빛은 꺼질 기미가 보이지 않았다. 띄어쓰기 없는 문장, 짧은 내용, 투박한 글솜씨. 하지만 우리들이 나눈 이야기와 마음은 그 너머를 향해 아주 멀리까지 나아가고 있었다. 아직은 잘 모르는 곳, 가본 적 없는 데까지 힘껏 달리고 있었다.

종길은 고등학생 시절을 지나 어른이 되었다. 몇 곡의 노래와 몇 통의 문자, 사라진 사진은 이제 내 곁에 없다. 빛나는 추억은 학창 시절이라는 뻔한 단어로 남았지만, 단순하게 말해버릴 순 없는 일이다. 엄지 하나 가볍게 튕겨 폴더폰을 열면 밝아오는 화면 속에 소중한 것들로 가득했기 때문이다. 투박한 픽셀에 저해상도일지라도 종길에겐 무엇보다 값진 것이었다. 스마트폰으로 대체되어 낡아버린 폴더폰 역시 마찬가지다. 어쩌면 내가 말하고 싶은 건 손에

노래에 깃든, 문자에 담긴

쥘 수 있는 핸드폰이나 주머니에 넣어둔 보물, 눈으로 보고
냄새를 맡고 맛을 느끼는 종류의 것이 아닐지도 모른다.
쉬이 설명할 수 없을 큰 사랑과 끝없는 고민과 귀한 날들이
옛 기기와 지나간 시대 너머로 여전히 남아있음을 느낀다.
가을바람이 불어오는 후암동 골목에 서서 노랗게 물든
은행나무를 올려다보며 교문을 지나던 소년을 떠올리는
것만으로도 우리는 아주 이별하지 않았음을 직감할 수 있다.
어른이 되기 전, 서툴렀고 솔직했고 비겁했고 순수했던
순간이 노래에 실려 온다. 바람을 타고 온다. 흩날리는
빗줄기가 되어, 이유 모를 눈물이 되어 오고 간다.

보내며,

김현경

*

어느 술자리에서 옛 기기들에 대한 이야기가
나왔습니다. 우리는 음악을 불법 다운로드 해 mp3로
음악을 듣던 때, 학교에서 pmp로 몰래 영상을 보던 때, 2G
휴대폰의 최대 글자수를 맞춰 꾹꾹 담아 적어내던 일 등에
대해 이야기 했습니다. 조금 더 윗세대들은 제게 "너 삐삐
알아? 시티폰은?" 하는 질문을 했고, 저는 "본 적은 있어요"
하는 답을 하기도 했습니다. 불편함을 감수하고도 어렵게
소통하고 콘텐츠를 소비하던 시절에 대한 이야기를 하는
시간은 늘 즐거웠습니다.

그래서 저희는 지금은 스마트폰이 대체한 다양한

기기들에 대해 이야기하는 자리를 마련했습니다. 이 작업의 가제는 <128mb>였습니다. 지금은 상상할 수 없는 이 적은 용량으로 우리는 음악을 들은 적 있었습니다. 이 시절의 추억을 이야기하고, 제가 삐삐를 몰랐듯 그때를 알지 못하는 이들에게도 신비롭게 다가갈 수 있을 거라는 생각을 했습니다.

이 책은 투고를 받아 만들어졌으며, 총 스물한 분이 글을 싣게 되었습니다. 모두가 각자가 사랑했던 기기들에 대해, 그리고 그 기기들과 함께했던 추억에 대해 이야기 해주셨습니다. 저는 이 책을 읽은 여러분들도 언젠가의 추억이 담긴 기기들에 대해 떠올려 보는 시간을 가지면 좋겠습니다.

저의 mp3를, pmp를, 2G 휴대폰에 대한 기억을 보내며
2022년 겨울,
현경

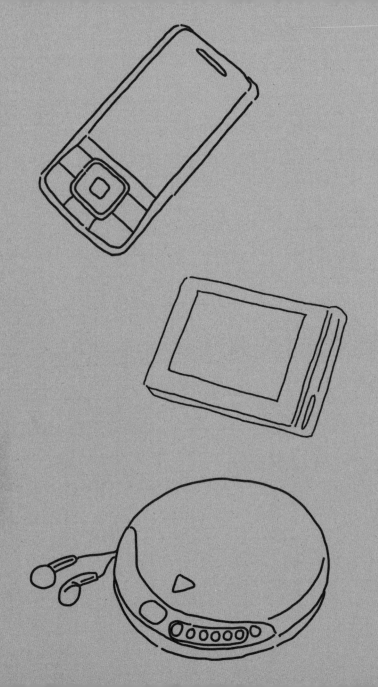

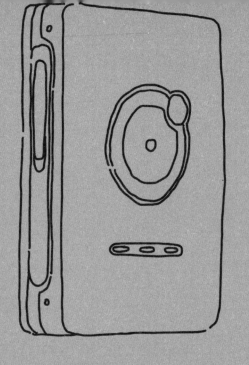

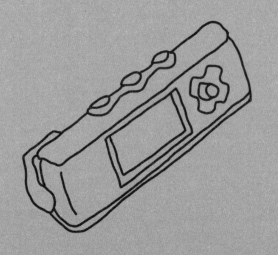

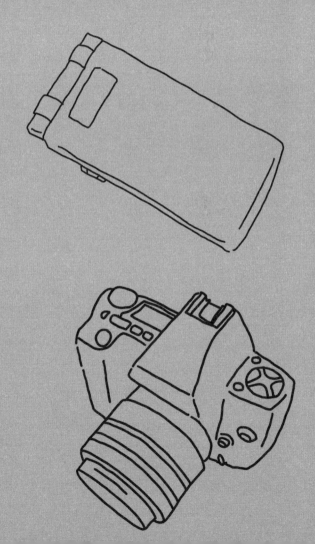

한때 우리의 전부였던
: 밀레니얼 키즈의 향수

Copyright ⓒ 2022, warm gray and blue

글

고병관, 김예진, 김현경, 땡요일, 박상희, 보미, 부스럭, 석영, 순간의 기록자, 오종길, 오태원, 이건해, 이도형, 이성혁, 이아로, 이유, 장하련, 재은, 참새JJ, 천운, 최경아

초판 1쇄 펴냄 **2022년 10월 31일**

편집, 표지 디자인 **송재은**

표지 사진 **김수연**

일러스트, 내지 디자인 **김현경**

펴낸곳 **warm gray and blue**

이메일 **warmgrayandblue@gmail.com**

인스타그램 **@warmgrayandblue**

출판 등록 **2017년 9월 25일 제 2017-000036호**

ISBN **979-11-91514-13-1(03810)**